KB113862

무경 新무협 판타지 소설

암제귀환록

FANTASTIC ORIENTAL HEROES

암제귀환록 5

무경 新무협 판타지 소설

초판 1쇄 찍은 날 § 2014년 9월 26일
초판 1쇄 펴낸 날 § 2014년 10월 1일

지은이 § 무경
펴낸이 § 서경석

편집부장 § 권태완
편집책임 § 정수경

펴낸곳 § 도서출판 청어람
등록번호 § 제387-1999-000006호
등록일자 § 1999. 5. 31
어람번호 § 제2-2532호

주소 § 경기도 부천시 원미구 부일로 483번길 40 서경B/D 3F (우) 420-822
전화 § 032-656-4452 팩스 § 032-656-4453
http://www.chungeoram.com
E-mail § chungeorambook@daum.net

ISBN 979-11-316-9218-9 04810
ISBN 979-11-316-9054-3 (세트)

무경 新무협 판타지 소설

암제귀환록

FANTASTIC ORIENTAL HEROES

5

암제귀환록

1장

소림이라는 배후

현월은 피식 웃었다.

"그놈의 악도 소리, 귀에 딱지가 지겠군."

"걱정 말라. 빈승이 치유해 줄 터이니."

"중이 아니라 의원이라도 된다는 건가?"

"아니."

쿵!

범화가 한 차례 발을 굴렀다.

"고통의 굴레를 끊어주겠다는 뜻이다."

고통의 굴레란 곧 삶 자체를 뜻하는 것.

그것을 끊겠다는 게 무슨 의미인지는 굳이 생각할 필요
도 없는 일이었다.

"중이란 작자들이 참 쉽게도 죽음을 입에 담는군."

"그것이 꼭 필요한 일이라면 나찰 악귀가 됨을 주저치 않
는다. 그것이 바로 소림 무승의 묵계이니라."

"나를 죽이는 게 꼭 필요한 일이다?"

"그렇다."

범화는 굳은 얼굴로 말을 이었다.

"큰스님께서 왜 네놈에게 관심을 갖는지는 모르겠으나,
이번만큼은 그분의 뜻을 저버리는 한이 있더라도 네놈을
처단해야겠다."

현월은 턱을 쓰다듬었다.

여유가 있진 않았다.

범화의 무위는 지난번의 굉유를 능가했으면 능가했지,
결코 뒤처지지 않는 것이었다.

'아니……'

고작 그 정도의 표현만으로 충분하다 할 수 있을까?

굉유와 비교하는 것은 범화에 대한 모욕이라 할 수 있을
정도였다.

굉유가 발하는 기세는 노도에 가깝다.

무서운 기세로 몰아치기는 하나 방향성이 없이 마구잡이

로 휩쓸고 쓸리는 노도.

범화는 그에 비하면 해일이었다.

보다 거대하며, 무엇보다도 일정한 방향성을 지니고 있었다.

아마도 세상의 악을 척결한다는 일념, 그 마음이 범화의 무위에 방향성을 부여하는 것이리라.

'게다가……'

그에게는 지난 바 무예 외의 또 다른 무언가가 있다는 느낌이 들었다.

정작 그 정체가 무엇인지는 표현할 길이 달리 없었지만.

한 가지만은 분명했다.

'놈은 강하다.'

지금의 현월조차 승산을 장담하기 힘들 정도로.

"대나한!"

현월의 뒤편에서 익숙한 목소리가 들려왔다.

제갈윤의 부축을 받아 나오는 이는 무승 굉유였다.

"살아 있었던가."

범화의 눈에 일순 안도의 기색이 스쳤다.

하나 그는 이내 굉유를 향해 일갈했다.

"부끄러운 줄을 알아라, 미숙한 놈!"

움찔.

무지막지한 서슬에 굉유가 찔끔 놀랐다.

"사형."

"그리 부르지 말아라! 네가 어디에 소속되었는지도 모른단 말이냐?"

"죄, 죄송합니다."

"몸은 좀 괜찮더냐?"

"이자들이 치료해 준 덕에……."

범화는 이맛살을 찌푸렸다.

"기다려라. 이 일을 끝마친 후에 네 미숙함을 징죄하겠다."

그때 둘의 대화를 가만히 듣고만 있던 제갈윤이 입을 열었다.

"은공을 입었음에도 기어코 피를 보시겠다는 겁니까, 스님?"

범화의 눈동자가 흔들렸다.

엄밀히 따지자면 싸움을 먼저 건 쪽은 어디까지나 굉유였다.

도리어 암월방은 패배한 그를 거두어 정성껏 치료까지 해주었다.

잘잘못을 따지자면 결코 소림사 측에 목소리를 세울 형편이 아니었다.

범화가 택한 것은 결국 귀를 닫는 것이었다.

"이치를 따지자면 시주의 말이 옳을 것이오. 그러나 지금의 빈승은 오로지 악멸(惡滅)의 도의만을 뒤쫓는 한 명의 나찰일 뿐."

"스님!"

"지금 빈승의 귀에는 아무것도 들리지 않소이다."

제갈윤은 안타까움에 발을 동동 굴렀다.

현월을 걱정하기 때문은 아니었다.

천둥벌거숭이인 굉유야 그렇다 쳐도, 소림 대나한인 범화마저 거꾸러트린다면 소림과의 관계는 정녕 돌이킬 수 없게 된다.

그가 걱정하고 있는 바는 그것이었다.

굉유 또한 제갈윤의 태도에서 그 생각을 읽어냈다.

하나 어처구니없다고 생각할 수만도 없는 게, 그 또한 현월의 실력을 직접 목도했던 까닭이다.

'사형.'

굉유는 마음속으로만 중얼거렸다.

'조금이라도 방심하면 당하오!'

쾅!

지축이 흔들렸다.

무시무시한 기세로 땅을 박찬 범화가 현월을 향해 신형

을 날렸다.

일직선으로 쏘아진 그의 주먹이 현월의 미간을 노렸다.

소림의 일불상권(一佛上拳). 단순하나 위력 하나는 절륜했다.

현월은 머리를 비틀어 권격을 흘려냈다.

동시에 범화의 겨드랑이 쪽으로 수도를 날렸다.

급소를 노리는 일격.

이름 있는 권초라기보다는 임기응변에 가까웠다.

"흥!"

범화는 급격히 몸을 빼내는 동시에 현월의 흉부를 밀어 찼다.

현월 또한 발을 들어 범화의 발바닥을 마주 찼다.

둘의 몸이 둥실 떠올라 뒤편으로 밀려났다.

스르릉.

현월은 허리춤의 검을 뽑아 들었다.

현인검. 굉유와의 일전에서 깨달은 바가 있어 구태여 가져온 것이었다.

자칫하면 자신의 정체, 현검문의 사람임을 들킬 염려도 있긴 했다.

현인검에 새겨진 구결을 자세히 살펴본다면 어렵잖게 추측할 수 있는 일이었으니까.

그렇더라도 감내할 수밖에 없었다.

짤막히 공방을 주고받았을 뿐이지만, 범화는 허투루 상대하기엔 벅찬 상대였다.

범화 또한 주먹을 한층 굳세게 말아 쥐었다.

스스스스.

푸른빛의 권강이 그의 양 주먹에 어렸다.

소림 심공과 권공의 궁극적인 겹합체라 불리는 청화불권강(靑火佛拳罡)의 광염이었다.

츠츠츠츠.

현인검의 검신 위로도 칠흑의 불길이 치솟았다.

암천강기.

비록 낮에 현현한 것인지라 위력은 반감되어 있었지만 범화의 청화불권강에도 결코 뒤처지지 않는 위력이었다.

짤막한 정적이 둘 사이로 흘렀다.

뚝.

나뭇잎 하나가 가지에서 떨어져 나왔다.

하늘하늘 추락해서는 바닥에 닿았다.

그 순간 두 사람은 약속한 듯 서로에게로 짓쳐들었다.

"……!"

장내에 있던 모두가 숨을 죽였다.

촌각의 돌진이건만 그들의 눈에는 둘의 움직임이 한 폭

의 그림처럼 멈춰 있는 듯했다.

이윽고…….

카앙!

불꽃이 튀었다.

검신과 주먹이 정면으로 부딪쳤다.

청광과 흑광, 두 줄기의 강기가 어지러이 얽혀드는 가운데, 권격과 검격이 빗발처럼 쏟아졌다.

타타타탕!

쇠로 바위를 때리는 듯한 소리가 연신 울렸다.

눈으로 쫓기 힘들 정도의 속도로 두 사람은 서로를 향해 강격을 몰아쳤다.

일순간.

쾅!

두 신형이 폭음을 토해내며 멀어졌다.

"……."

"……."

어느 누구도 말을 내뱉지 않았다.

고요한 가운데 두 사람이 토하는 숨소리만이 거칠게 울렸다.

범화의 승복은 반쯤 걸레짝이 되어 있었다.

직격당한 공격 하나 없건만, 몰아치는 강기의 돌풍만으

로 옷이 대부분 찢겨 나갔다.

그것은 현월도 마찬가지.

두 사람의 눈동자에 아른거리는 빛은 분명 상대에 대한 경탄을 담고 있었다.

'대단하구나, 암제라는 이름이 그저 광오하기만 한 것이 아니었어.'

'이것이 소림의 대나한.'

현월은 새삼스러운 눈으로 범화를 응시했다.

직접적인 비교는 어렵겠지만 그의 무공 수위는 혜법에 비해서도 크게 뒤처지지 않았다.

범화는 입술을 깨물었다.

내심 또래에서는 당해낼 자가 없으리라 자부해 왔다.

물론 그러한 자부심이야말로 중으로서 떨쳐내야 할 감정임을 알고는 있었다.

하지만 자꾸만 피어나는 생각을 쉬이 없앨 만큼 그의 공부는 깊지 않았다.

'그랬거늘.'

자신과의 공방에서도 크게 밀리지 않는 고수가 나타났다.

그것도 비슷한 또래의 사내가.

소림 무공의 팔 할을 외우고 오 할을 익혔으며 삼 할을 대성한 그였다.

소림의 천 년 역사가 고스란히 그의 머릿속에 들어와 있는 것이나 마찬가지였다.

이는 그가 지닌 영능인 무원인지(武元認知)의 공능 덕분.

초인적인 기억력이 그에게 가져다 준 선물이었다.

'한데 저놈은 그것조차 없이……!'

믿을 수 없었다. 납득하고 싶지 않았다.

그런 생각이 뇌리를 관통한 순간, 범화는 본능적으로 현월을 향해 돌진하고 있었다.

"타핫!"

콰드드득!

청화불권강이 그의 주먹을 중심으로 집약됐다.

언뜻 범화의 뒤편으로 수십 개의 팔을 지닌 아수라상이 스쳐 갔다.

청수라화(靑修羅花).

범화의 주먹이 천천히 펴졌다.

손가락 사이로부터 청색의 꽃잎들이 흩날리기 시작했다.

강기로 이루어진 꽃잎들은 이내 사방으로 퍼져서는 현월의 주변을 점했다.

그 각각은 퇴로를 원천 차단하는 위치.

현월은 강기의 꽃잎 사이에 고립됐다.

탓!

범화가 그 안으로 뛰어들었다.

그의 강기로 만들어진 꽃잎들은 그와 접촉하고도 아무 반응을 일으키지 않았다.

"……."

혹시나 싶었던 현월이 꽃잎 쪽으로 검기를 날렸다.

꽃잎은 검기와 충돌하더니 그 기운을 빨아들여 상쇄시켰다.

'흡수?'

아니, 조금은 달랐다.

얼음을 불꽃 속에 집어넣는다면 자신이 녹아내림으로써 불길을 삭인다.

범화가 날린 꽃잎들은 그러한 얼음에 가까웠다.

불꽃, 현월의 강기를 삭여서 소멸시키는 얼음.

"딴생각할 여유도 있나 보구나!"

어느새 지척까지 근접한 범화가 권격을 내질렀다.

소림오권 중 하나라는 금강권(金剛拳).

정신이 팔려 있던 현월은 흉부에 일격을 허용했다.

"큭!"

몇 걸음 물러났다.

등가죽에 청수라화의 꽃잎이 닿자 피부가 타는 듯한 격

통이 몰려왔다.

치지직!

실제로 꽃잎은 현월의 피부를 불태우고 있었다.

극도의 저온에 존재하는 얼음이 사람의 피부에 화상을 만들듯이.

호신강기를 끌어올렸다.

꽃잎은 허용된 만큼의 기운을 상쇄시키고는 소멸했다.

"어떻더냐. 제법 따갑지 않으냐?"

범화가 연신 현월을 몰아붙였다.

그는 지능적으로 현월을 몰이사냥하고 있었다.

덫이라 할 수 있는 꽃잎들 쪽으로.

더군다나 그 몰아붙이는 기세 또한 질풍 같은지라, 쉽사리 수세를 공세로 전환하기가 어려웠다.

그 와중에도 현월은 치명타만은 어찌어찌 피하고 있었다.

범화가 공세를 유지하면서도 마음을 놓을 수 없는 이유였다.

'괴물 같은 놈!'

소림에서도 적수를 만난 적이 없었거늘, 이렇게 강한 놈은 난생 처음이었다.

'역시 지금 삭초제근하는 것만이 답이다.'

혜법에게 어떤 꾸지람을 듣게 될지는 알 수 없었다.

어떤 처벌이 기다리고 있을지도 알 수 없었다.

하지만 그 모두를 감수하고서라도, 지금 눈앞의 악도를 없애야만 한다고 생각했다.

그것이 범화가 내린 결론이었다.

"타앗!"

극성의 내력을 끌어올려 일 장을 가했다.

현월의 몸이 주르륵 밀려나는 순간, 범화는 그의 뒤편으로 모든 꽃잎들을 집결시켰다.

"꿰뚫으라!"

청수라화의 꽃잎들이 한데 모이더니 거대한 창날의 형상을 만들었다.

이른바 청수라창(靑修羅槍)이라 불리는 수법.

드높은 심계를 지닌 범화 정도나 펼칠 수 있을 상승의 공부였다.

푸른 창이 현월의 등허리를 노리며 쇄도했다.

밀려나는 기세까지 더해지니, 그 상대 속도란 그야말로 뇌전과 같았다.

"혈!"

제갈윤이 기괴한 탄성을 뱉었다.

아마도 그의 망막에 비치는 것은 복부를 꿰뚫리는 현월

의 모습일 터였다.

하지만 아니었다.

현월은 밀려나는 와중에 허공에다 몸을 띄웠다.

반 바퀴 회전하여 방향을 반전시키고는 청수라창을 향하여 도리어 쇄도했다.

현인검의 검극 끝에서 일순 불길이 솟구쳤다.

흑색의 불길, 너무나도 불길한 외관을 지닌 암천강기의 다발이었다.

쾅!

현월은 그대로 청수라창에 충돌했다.

엄밀히 말하면 검극을 창극에다 찔러 넣은 것이었다.

파가가각!

뼈를 깎는 듯한 소름끼치는 소리가 울렸다.

현월의 신형을 청수라창이 뚫고 지나갔다.

하나 그것은 착시였다.

"아니?"

뚫고 지나간 쪽은 도리어 현월이었다.

꿰뚫려 버린 쪽은 청수라창이었고.

물론 현월의 몸도 성하지는 않았다.

흑의가 찢어져 드러난 살갗은 시뻘겋게 달은 데다 수포까지 군데군데 피어나 있었다.

하나 죽이지는 못했다.

범화의 미간이 사정없이 일그러졌다.

'독한 놈!'

피할 수 없겠다 생각한 순간 현월은 도리어 청수라창 쪽으로 돌진했다.

삽시간에 범화의 쌍장은 그의 도약을 도운 꼴이 되어버렸다.

속도를 업은 채 현월은 그대로 청수라창과 정면으로 충돌했다.

현인검의 강도와 자신의 암천강기에 대한 확신이 있었기에 가능한 일이었다.

결국 범화의 절예 중 하나가 박살 났다.

'하지만!'

아직 끝난 게 아니다.

다소간의 내공을 소실했다고는 하나 범화는 여전히 싸울 여력이 남아 있었다.

반면 현월은 몸 곳곳에 타격을 입은 직후.

범화보다 내력에 여유가 있을 것이나 상처를 입었음을 감안한다면 승기는 여전히 남아 있었다.

그때 별안간 현월이 소리쳤다.

"지금!"

"뭐라고?"

범화는 다음 순간 얼음처럼 굳어버렸다.

차가운 칼날이 그의 목덜미를 찌르고 있었다.

주르륵.

가느다란 선혈 한 줄기가 목을 타고 흘러내렸다.

그저 살갗만 약간 찌른 수준. 그러나 범화는 심장을 꿰뚫린 기분이었다.

'세상의 어느 누가!'

소림의 대나한이자 영능을 등에 업은 천재.

세상은 범화를 그리 불렀고, 범화 또한 겸양을 제하고 본다면 그 평이 크게 틀리지는 않다고 생각했다.

물론 그 사실을 등에 업고 오만하게 굴었던 적은 한 번도 없었다.

도리어 그 힘을 구세에 쏟을 수 있음에 감사할 따름이었다.

어쨌거나 그러한 범화조차 접근을 느끼지 못했다.

너무나 간단히 배후를 허용하고 말았다.

"대체 누구더냐……!"

범화는 돌아보지도 못한 채 말을 짓씹었다.

현월은 그를 바라본 채 한숨을 토했다.

"장난질은 이쯤 했으면 충분하지 않소?"

"장난질이라고?"

"댁은 날 죽일 수 없소. 목덜미의 감촉만으로도 그 사실을 알 수 있을 텐데?"

범화는 코웃음을 치려고 했다.

이깟 칼날쯤 얼마든 무시할 수 있다고, 이 대나한 범화가 이런 것에 마음을 꺾을 것 같으냐고 일갈하고 싶었다.

하나 그 생각을 떠올리기가 무섭게 등허리에 또 한 자루의 칼날이 와 닿았다.

엄밀히 말하면 하복부.

단전이 위치한 자리였다.

"허튼 짓을 한다면 그대로 뚫어버릴 거요."

"큭!"

"소림 대나한의 실력이 대단하기는 하군. 하마터면 위험할 뻔했소."

현월은 팔다리를 살폈다.

그를 노려보던 범화는 한 가지 사실을 깨닫고는 경악했다.

'회복되고 있다?'

현월의 피부에 난 화상이 조금 전에 비해 약간이지만 희미해져 있었다.

착각일 수도 있었으나, 범화는 자신의 기억력을 의심하

지 않았다.

그의 영능은 비단 무공에만 국한된 것이 아니었던 까닭이다.

'분명하다. 놈의 몸은 자체적인 치유력을 지녔어!'

놀라운 일이었다.

그러한 능력을 지닌 무공이 있다는 소리는 들어본 적이 없었던 것이다.

같은 순간, 현월 또한 내심으로는 놀라고 있었다.

'한 꺼풀 벗은 건가?'

암천비류공의 기운은 자연 치유력을 지녔다.

하지만 지금까지는 어둠속에서만 그 능력이 발휘되었다.

지금은 오후.

해가 뉘엿뉘엿 저무는 시점이긴 했으나 주변은 여전히 환했다.

그런데도 암천비류공의 기운이 현월을 치료하고 있었다.

암흑 속에서와 비교하면 느리기는 했지만.

현월은 범화의 눈동자가 미세하게 떨리는 것을 보았다.

그 또한 내심 놀라고 있는 듯했다.

"결정하시오. 기어코 끝장을 보겠소, 아니면 이만 물러나겠소?"

"네놈이 소림의 무승을 핍박하려 드는구나."

"먼저 덤빈 건 그쪽이니까. 여기서 개죽음을 하겠다면 말리진 않소. 그쪽처럼 귀찮은 상대가 줄어든다면 나야 환영할 일이지."

범화는 입술을 깨물었다.

현월의 뒤편으로 굉유의 얼굴이 보였다.

절박한 그 표정은 일단 살아남아야 한다고 말하고 있었다.

'큰 스님.'

그는 혜법 대사를 떠올렸다.

'처벌을 각오하고서라도 제 선에서 끝맺음하려 했거늘, 아무래도 제게는 무리였던 모양입니다.'

범화는 기운을 갈무리했다.

그의 어깨가 축 늘어지는 것을 본 현월이 흑련에게 눈짓을 했다.

하나 흑련은 검을 치우지 않았다.

"물러나."

현월의 말에 흑련은 전음으로 대답했다.

[지금 없애는 게 나을 수도 있어요.]

"난 그렇게 생각하지 않아."

[이자는 영능을 지녔어요. 알고는 있나요?]

현월의 미간이 미묘하게 일그러졌다.

"그게 무슨 소리야?"

[무원인지. 대나한 범화가 지닌 영능의 이름이에요. 그는 어려서부터 신동으로 이름이 났었죠. 흔히 하나를 가르치면 열을 안다고들 하지만, 그는 하나를 가르치면 그걸 절대 잊지 않는 쪽이었어요.]

현월은 피식 웃었다.

"천재였군."

[그 천재성이 소림과 결합되었죠. 중원에서 가장 유서 깊은 역사를 자랑하는 문파와 말이에요.]

현월은 고개를 끄덕였다.

범화 또한 놀라긴 했을 테지만, 기실 까무러칠 것 가은 쪽은 도리어 현월이었다.

그에겐 절세의 무공인 암천비류공이 있으며 회귀 이전의 이십 년에 걸친 절대적인 시간과 경험이 존재했다.

하나 범화에겐 그 어떤 것도 없었다.

그런데도 현월을 상대로 용호상박의 일전을 펼쳤다.

그 사실이 현월에게 준 충격은 상당했다.

그 또한 또래에선 자신과 견줄 자가 없으리라 생각해 왔던 까닭이다.

'그런데 이제 보니 그것은 아니었군.'

흑련의 설명대로라면 범화의 무시무시한 무위가 이해도

됐다.

그렇더라도 그를 여기서 제거해야겠다는 생각은 들지 않았지만.

"놓아줘."

[정말 괜찮겠어요?]

"상관없어."

고개를 설레설레 저은 흑련이 물러났다.

범화는 목덜미와 등허리가 시원해지는 느낌을 받았다.

새삼 살아났다는 생각이 들었다.

그는 열패감 섞인 시선으로 현월을 바라봤다.

현월 홀로 떠드는 것을 보고 대강 추측은 했다.

아마도 자신을 겨누던 이가 불만을 토로한 모양일 테지.

그럼에도 그는 범화를 살려주기로 결정한 것이고.

"고맙다는 말을 들을 거란 기대는 말라."

"기대 따윈 하지도 않았소. 어차피 인사치레 들으려고 살려두는 것도 아니고."

"무슨 소리더냐?"

"돌아가면 방장께 고맙다고 절이나 올리시오. 당신이 살아남은 건 소림사란 이름의 거대한 배후를 뒤에 둔 덕분이니."

"큭⋯⋯!"

범화는 입술을 피가 나도록 깨물었다.

현월이 그를 죽이지 않은 것은, 그저 그가 죽음으로써 소림과 암월방이 척을 지게 됨을 피하려는 이유에서였을 뿐이다.

대나한인 그가 이런 식으로 목숨을 구명받게 된 것이다.

그로 인한 패배감은 범화의 마음을 꺾어놓았다.

"나의 패배인가?"

2장

거두들의 회합

"아니! 그렇지 않다!"

우렁찬 소리에 좌중의 시선이 한데 쏠렸다.

고래고래 목청껏 소리 지르는 이는 굉유였다.

"대나한께선 패하지 않았다! 정당한 대결을 네놈들이 망쳤을 뿐이다!"

현월은 냉소 띤 얼굴로 굉유를 돌아봤다.

"정당한 대결?"

"아니라고 할 테냐?"

"당연히 아니라고 해야지. 양쪽의 동의 없이 이루어진 싸움이 어딜 봐서 정당하다는 거지?"

"그, 그거야⋯⋯!"

"또 이건 둘만의 대결이라고 어느 누가 정했다는 거지? 나는 그런 규칙 같은 것에 동의한 기억이 전혀 없는데."

"으, 으음⋯⋯."

굉유가 침음을 흘렸다.

그리고 그것은 범화 또한 마찬가지였다.

현월은 두 사람을 번갈아 보고 말했다.

"너희 보금자리, 숭산의 절간으로 돌아가라. 내가 찾아갈 때까지 노승의 염불이나 잘 들으며 기다리고 있어. 허튼수 작 부릴 생각 말고."

"큭!"

"꺼져라."

현월은 할 말만 다하고는 안채로 들어가 버렸다.

흑련 또한 거짓말처럼 종적을 감춘 뒤였다.

"헉."

제갈윤이 마른침을 꿀꺽 삼켰다.

지금 마당에 남은 이는 그를 제외하면 하오문의 문도 서 넛이 전부였다.

그들만으로 이 괴물 같은 무승들에 대적할 수 있을 리 없 었다.

이들이 휙 생각을 뒤집어 깽판이라도 놓는다면 살아남을
수 없을 터였다.

물론 이는 지나친 생각이었다.

굉유는 그들을 무시한 채 범화에게 다가가고 있었으니
까.

"대나한! 괜찮으십니까?"

범화는 굉유의 손길을 뿌리쳤다.

진득한 패배감이 그의 얼굴에 새겨져 있었다.

"돌아가자. 너와 내 처분을 여쭤야겠다."

"예?"

굉유가 놀란 눈을 했다.

그야 그렇다 쳐도 범화까지 처분을 받는다는 건 말이 안
된다 여겼기 때문이다.

범화의 시선이 하오문도들을 훑었다.

"저들이 여기 있었으니, 소문이 흘러나오는 것은 시간문
제일 테지. 너와 내가 사찰의 위신을 떨어트리게 되는 것은
필연적이다."

"그렇다면······."

굉유의 눈에 살기가 어렸다.

"까짓것, 다 쳐 죽여 입막음하면 되는 일 아닙니까?"

하오문도들이 긴장했다.

하지만 범화가 이내 굉유를 나무랐다.

"여기서 죄업을 더 늘릴 셈이냐?"

"하지만……."

"부덕의 소치로 빚어진 일이다. 우리가 책임을 질 일이지, 저들을 탓할 것은 없다."

제갈윤은 내심 안도의 한숨을 내쉬었다.

동시에 미묘한 시선으로 범화를 바라봤다.

'저토록 논리 정연한 작자가 왜 암제님께 눈알을 뒤집어가며 덤벼든 거지?'

그 정도로 흑도 무리에 대한 적개심이 강한 걸까?

하지만 따지고 보면 굉유 또한 흑도 출신이 아니던가.

'뭔가 사정이 있는 건가?'

제갈윤이 추측하고 있는 와중. 돌연 흑련이 그의 뒤에 나타나 귀엣말을 건넸다.

"…옛?"

제갈윤의 목소리에 시선이 집중됐다.

흑련은 할 말만 하고는 이내 자취를 감췄다.

"흠흠."

헛기침을 한 그가 하오문도와 두 무승에게 말했다.

"암제님의 전갈입니다. 하오문도들은 오늘 일을 누설하지 말 것이며, 이를 어길 시엔 하오문에 책임을 묻겠다고 하십니다."

궁사독을 위시로 한 하오문도들이 움찔거렸다.

정보는 곧 그들의 무기.

오늘 일을 목도했다는 것만으로도, 하오문은 소림사를 상대로 수많은 것을 뜯어낼 수 있을 터였다.

비단 그뿐인가.

이 정보가 언제 어느 곳에서 어떤 형태로 도움이 될지는 알 수 없는 일이다.

하지만 현월은 그 누설을 금지시켰다.

아쉬울 수밖에 없는 일이었다.

차마 어기겠다고 생각하는 이는 없었다.

바로 눈앞에서 현월의 압도적인 무위를 목도한 이상은 더더욱.

"그리고……"

제갈윤의 말이 이어졌다.

"두 무승께서도 본인의 인상착의를 누설할 생각은 말라고 하십니다. 어길 시엔 소림의 근간을 흔들 정보를 누설하겠다고 하셨습니다."

"뭣이 어째!"

굉유가 노발대발하다가 이내 얼굴을 찌푸렸다.

흉부의 상처는 채 낫지 않은 탓에 고함을 치는 것만으로도 가슴이 갈라지는 듯했다.

반면 범화는 분기탱천하진 않은 얼굴이었다.

"알았다고 전해라."

"대나한!"

"오늘은 놈의 승리다. 승자의 법도를 따름에 문제는 없겠지. 게다가……."

말끝을 흐린 그가 고개를 저었다.

"아니, 됐다. 우선은 돌아가자꾸나."

"으음, 알겠습니다."

분개하기 어정쩡해진 굉유가 머리를 긁적였다.

*　　　*　　　*

노을이 거리 위로 질펀하게 늘어졌다.

먹이를 찾아 헤매는 황구와 저녁을 먹기 위해 집으로 달려가는 아이들, 가게를 정리하는 상인과 거나하게 취한 낭인.

노인은 그 모든 광경을 말없이 바라보았다.

깡마른 노인이었다.

앉아 있음에도 어지간한 이의 어깨에까지 이를 법한 큰 키 덕분에 그의 마른 몸이 한층 돋보이는 것인지도 몰랐다.

침묵 속의 일각.

어느 순간부터 거리 위로 사람들이 보이지 않았다.

마치 약속이라도 한 듯, 노인이 앉은 주변으로는 개미 새끼 한 마리 얼씬하지 않았다.

또 다른 노인이 뚜벅뚜벅 걸어왔다.

날카로운 인상의 노인이었다.

앉아 있던 노인과 달리 왜소한 체격이었으나, 풍기는 기염만은 결코 허투루 볼 것이 아니었다.

두 노인은 평상 위에 나란히 앉았다.

"무슨 일인가?"

왜소한 노인이 먼저 운을 뗐다.

"날 이곳까지 불러낸 걸 보면 응당 보통 일은 아니라고 보는데."

"그야 자네가 어찌 받아들이느냐에 따라 다르겠지."

"그게 무슨 뜻인가?"

"받게, 유설태."

왜소한 노인, 유설태는 구겨진 종이를 받아들었다.

펼쳐 보니 새하얀 가루가 담겨 있었다.

"이게 뭔가?"

"낙타 뼛가루일세. 달여 먹으면 관절 쑤시는 데에 직방이라더군."

"이 무슨 고약한 장난인가?"

"아는 사람이 보내온 걸세."

이맛살을 찌푸리던 유설태의 표정이 차츰 굳어 갔다.

"아는 사람이라니, 누구 말인가?"

"간만에 특급 무인을 섭외했지. 사파 서열 사십 위 이내의 인물이니, 이 정도면 능히 잘난 분들의 기대를 충족시킬 만하지 않겠나?"

"금왕."

유설태의 목소리가 서릿발처럼 차가워졌다.

그럼에도 금왕의 입가에 걸린 미소는 지워지지 않았다.

"반대편에 누가 있을지 추측해 볼 수 있겠나?"

유설태는 입을 다물었다.

추측하지 못하기 때문은 아니었다.

너무나 빤히 보이기에 도리어 대답할 수가 없었다.

그 사실이 의미하는 바를 잘 알고 있으니까.

"그놈은 내 먹잇감일세, 금왕."

"그리고 자네는 사냥에 실패했지."

"고작 유성문 하나를 움직인 것을 사냥이라 칭하려는가?"

"그렇다면 또 뭐가 있지? 소림? 혹은 또 다른 대문파? 자네의 입장상 수하들을 함부로 굴릴 수는 없겠지. 이미 혈공을 비롯해 상당수의 인재들을 잃고 말았으니까."

혈공은 혈교 내 무위 서열 십 위였다.

하나 그 실력은 구 위 이상의 무인들에 비해 아득히 뒤떨어지는 수준이었다.

그만큼 혈교는 막심한 인재난을 겪고 있었다.

상당수의 고수들이 지난 무림맹과의 일전에서 전멸당한 까닭이었다.

그나마 멀쩡한 것은 백진설이 이끄는 패도궁 정도.

하나 패도궁이라 해도 백진설을 제외한다면 빼어난 고수는 얼마 되지 않았다.

"……."

"말해보게. 자네의 다음 수는 무엇인가?"

유설태는 대답하지 않았다.

금왕은 의기양양한 미소를 입가에 머금었다.

"자네도, 혈교도 당장은 웅크리고 있을 수밖에 없어. 물론 그건 자네 자신이 철두철미한 결벽증 환자이기 때문이지만. 안 그런가?"

"……."

"정녕 이 대결을 막고자 한다면 백진설을 부르게. 그라면 능히 현재의 무림을 뒤엎을 수 있을 터이니."

유설태가 돌연 한숨을 뱉었다.

"시기상조라는 걸 알면서 잘도 지껄이는군."

금왕은 빙긋 웃기만 했다.

"그래, 놈의 대적자로 선택된 이는 누구인가?"

"유추해 보게."

유설태는 재차 손에 들린 낙타 뼛가루를 보았다.

"서장… 일 가능성은 낮겠지. 장성 너머 북방이거나 감숙성인가?"

"바로 맞혔네. 심령당주 노혈경이 초대에 응했네."

유설태의 눈이 휘둥그레졌다.

"노혈경 그 미치광이가?"

"그렇다네. 무슨 바람이 불었는지는 모르겠지만."

"놀라운 일이군."

유설태는 혼잣말처럼 재차 중얼거렸다.

"놀라운 일이야."

그가 놀라는 이유는 간단했다.

노혈경은 자존심이 강한 마두, 그 누구의 명령도 따르지 않으며 자기 내키는 대로 살아가는 짐승 같은 자였다.

또한 위험도 역시 최상급이었다.

시체를 다루는 그의 수법은 그 위력뿐 아니라 주변에 끼치는 영향력 또한 막대했던 까닭이다.

그가 마음만 먹는다면 자그만 부락쯤은 하루아침에 강시

귀 소굴로 만들 수 있었다.

게다가 강시귀의 성격상, 그 위력은 인구가 많은 곳일수록 배가된다.

때문에 일찍이 중원의 무인들은 일치단결하여 그를 감숙성 구석까지 추격해야 했다.

운 나쁘게도 도중에 놓쳐 버려 숨통을 끊지는 못했지만, 이때 당한 것 때문인지 노혈경 또한 한동안 중원을 감히 넘보지 못했다.

'그런 자를……'

밭을 오염시키는 독극물 같은 자를 중원에 풀어놓겠다는 것이다, 금왕은.

그 의미가 얼마나 큰 것인지 알 것이면서도.

"노혈경을 암제 그놈과 붙이겠다는 거군."

"이 정도면 제법 구미가 당기지 않겠나? 이번엔 휘도는 판돈 또한 상당할 게야."

단순히 돈이 크게 걸리기에 그가 기뻐하는 것은 아니리라.

기실 그는 중원 내의 그 누구보다도 많은 재산을 축재한 자.

방 하나를 가득 메우는 금은보화조차 그의 가슴을 요동치게 하지는 못한다.

그럼에도 그가 기뻐하는 거라면, 이유는 하나뿐이었다.

"재미있을 게야, 이번 일전은."

유설태는 고개를 설레설레 저었다.

그는 혈교의 장로이며, 그렇기에 수많은 사마외도와 미치광이들을 만나 보았다.

그러나 금왕이 지닌 광기는 그중에서도 단연 돋보이는 것이었다.

"재미있을 일이라면, 자네는 천하를 적으로 돌리게 되더라도 주저하지 않을 테지."

"물론! 새삼스러운 소리를 하는군."

금왕이 은근한 어조로 말을 이었다.

"애초에 자네와 혈교를 돕게 된 것도 그 때문이지 않았던가?"

"…그랬지."

비록 대외적으로 알려진 것에 비해 적은 피해만을 입었을 뿐이지만, 어쨌든 무림맹의 맹공에 혈교가 휘청였던 것만은 사실이다.

그들은 지하로 스며들어 종적을 감췄고, 무림맹은 혈교와의 전쟁을 승리로 끝맺었다.

그 이후, 유설태를 비롯한 혈교의 인물들이 무림맹에 스며들 수 있었던 데엔 금왕의 존재가 지대한 역할을 했다.

그 과정에서 으레 생길 법한 문제들은 자신의 자금력과 영향력을 이용해 원천 봉쇄해 버렸던 것이다.

이유야 간단했다.

'그 편이 훨씬 재미있을 것 같으니까.'

무림맹이 겨우 이룩해 낸 평화를 내부에서 갉아먹는다.

그 편이 훨씬 재미있을 것이기에.

금왕은 그런 자였다.

자신의 쾌락을 위해서라면 무엇이든 할 수 있는, 그런 데다 그럴 만한 능력까지 두루 갖춘 미치광이.

'어쩌면 이자야말로 천하에서 가장 두려운 존재일는지도 모른다.'

유설태는 마음속으로 중얼거렸다.

'그렇기에, 필요하다면 제거해야 할 터.'

"그것도 나쁘진 않겠지."

"……!"

유설태는 돋아나는 소름을 애써 억눌렀다.

설마 금왕에게 타인의 속내를 읽는 능력마저 있었던가?

그럴 리는 없었다.

이는 지독한 우연의 일치일 터였다.

그는 짐짓 목소리를 가다듬고 물었다.

"무엇이 말인가?"

"음. 아니, 혼잣말이었네. 원래대로라면 대결 장소를 따로 마련한 후에 두 사람을 그곳으로 불러들여야 할 테지만, 이번만은 조금 다르게 하는 것도 나쁘지는 않을 성싶거든."

"조금 다르게?"

"여남 자체를 전장으로 내주는 걸세."

금왕의 눈이 광채를 띠었다.

초롱초롱 눈을 빛내는 것만 보면 마치 어린아이처럼 순수하기 그지없어 보였다.

"여남의 모든 것을 이용하게 하는 거야. 무기로 삼게 할 수도 있겠고, 방패막으로 삼게 할 수도 있겠지. 어떤가? 생각만 하고 군침이 돌지 않나?"

"…그래서야 노혈경에게 너무 유리한 것 아닌가?"

"홀홀. 자네가 암제를 다 걱정하는군."

"그런 게 아닐세. 다만 놈의 허리를 분지르고 살점을 씹는 일은 내 스스로가 하고 싶을 따름이야."

유설태는 솔직한 심정을 말했다.

"대체 어디서 굴러먹다 온 놈인지는 모르겠으나, 놈은 감히 암황의 후예를 자처했네. 그것만으로도 사지를 갈가리 찢어 죽여도 시원찮을 일이야."

금왕은 어깨를 으쓱였다.

"뭐, 너무 걱정은 말게. 나 또한 나름대로 균형을 생각하여 이걸 떠올린 것이니."

유설태의 동공이 재차 확대됐다.

"그렇다는 건……."

한 가지만을 의미했다.

정면으로 승부를 본다면, 유리한 쪽은 노혈경이 아니라 암제라는 것.

'말도 안 되는 소리!'

노혈경은 사파서열 삼십위 권의 초고수다.

그것조차 오래전의 서열이었으니, 감숙성에서 오랫동안 은거해 온 지금이라면 한층 더 강해져 있을 터였다.

'그런 그를, 갑자기 툭 튀어나온 애송이에 불과한 암제가 압도한다고?'

믿을 수 없는 얘기였다.

믿고 싶지 않은 얘기였다.

유설태의 속내를 추측한 금왕이 덧붙이듯 말했다.

"너무 앞서 나가지 말게. 내가 말한 대로의 대결이 될 경우, 암제 또한 유리해지는 셈이니."

"무슨 말인가?"

"여남은 그의 본거지잖나. 여남 자체가 전장이 된다면 암제 또한 수하들을 부릴 수 있다는 뜻이지."

"하지만……."

그 정도로 노혈경의 강시귀들을 당해낼 수 있을까?

유설태는 그 생각에 부정적이었다.

강시귀의 무서움은 그 또한 직접 목도해 보았던 까닭이다.

하나 금왕은 자신만만한 표정이었다.

"어쨌든, 이렇게 됐으니 자네는 당분간 그 친구에겐 관심을 끄게."

"친구라고?"

"뭐, 말이 그렇다는 것 아니겠나? 어찌 됐든 암제 또한 내게 있어선 소중한 팻감이니 말이야."

유설태는 느릿하게 고개를 끄덕였다.

어차피 지금은 암제 하나에만 신경을 쏟기엔 너무나 바빴다.

도리어 그에게 신경 쓸 필요 없도록 금왕이 나서 준다면 좋은 일이었다.

다만 마음에 걸리는 것은……

'금왕이 놈을 내심 마음에 들어 하는 것 같다는 점인데.'

썩 기분 좋은 일은 아니었다.

금왕의 자금력이라면 저잣거리의 비렁뱅이조차 하루아침에 천하를 호령하는 세도가로 만들 수 있을 테니까.

다만 그렇다 하여 척을 질 수는 없었다.

지금은 적을 늘릴 때가 아니라 하나라도 더 포섭하고 끌어들여야 할 때였다.

이 마당에 금왕의 비위를 거스를 순 없었다.

"좋을 대로 하게."

"그러지."

빙긋 웃은 금왕이 자리에서 일어났다.

그는 왔을 때와 마찬가지로 휘적휘적 거리를 떠나갔다.

다시 한 각.

거리엔 언제 그랬냐는 듯 사람들이 정겹게 노니고 있었다.

마치 아까 전의 광경이 거짓말이었던 것처럼.

하지만 유설태는 그 사실조차 인지하지 못했다.

머릿속에 자리 잡은 한 가지 생각 때문이었다.

'하루라도 빨리, 암후를 단련시켜야겠군.'

시간이 부족했다.

지금의 그에겐 그 어느 때보다도 암황의 힘이 절실했다.

3장

위장 계획

한 줄기 달빛이 내리꽂히는 방 안.

이부자리에 누워 있던 현월은 몸을 일으켰다.

"무슨 일이야?"

방 한 구석의 어둠이 이지러졌다.

이윽고 그곳에서 솟아나듯 거뭇한 신형이 나타났다.

안력을 돋운다면 확인할 수 있으리라.

흑의로 가렸음에도 미처 숨기지 못한 굴곡진 여인의 몸매를.

그녀가 누구인지야 물을 것도 없었다.

"쉽게 알아채시는군요."

낭랑한 목소리가 울렸다.

참으로 그녀의 외관과 어울리지 않는 부드러운 음성.

물론 온몸에 둘러진 검은 천을 떼어낸다면 어울릴 법도 했다.

현월은 쓴웃음을 지었다.

"네가 온 뒤로는 나름대로 주의를 기울이고 있으니까. 이 래도 못 알아챈다면 암제로서 실격이겠지."

"아직도 제가 당신을 암살하리라 생각하시는 건가요?"

"모든 상황에 대해 가능성을 열어두고 있을 뿐이야. 애초에 그렇게 살아왔거든."

"현월 님은 정녕 나이와 어울리지 않는 분이군요."

"네가 할 말은 아니지 않아?"

"저야 일 때문에 이러고 있을 뿐입니다."

여인, 흑련이 토로하듯 말했다.

"원래의 네 모습은 다르다는 건가?"

"물론이에요."

현월은 미간을 살짝 찡그렸다.

상상해 보려 했으나, 흑련이 또래 소녀들처럼 발랄하게 돌아다니는 모습은 그려지지 않았다.

"믿기 힘든걸."

"믿지 않더라도 상관없습니다."

"한번 보여줘."

흑련의 아미가 들썩였다.

"무엇을 말이죠?"

"평소의 네 모습. 임무 중이지 않을 때의 네 모습을 말이야."

"지금 저는 임무 중입니다."

"그리고 그 임무는 내 명령을 충실히 따르는 것이지. 명령이니까 한번 보여줘 봐."

"뭘… 어떻게 보여달라는 거죠?"

"그걸 나한테 물으면 안 되지."

그렇게 말하고 난 현월이 덧붙이듯 말했다.

"내 동생은 가끔 떼를 쓸 때 우는 척을 하던데. 너도 비슷한 또래니까 한번 해보는 게 어때?"

"……."

"우는 게 싫다면 애교를 부려도 좋은데."

흑련은 고개를 좌우로 저었다.

"농담은 그만하세요. 그냥 조금 전의 얘기는 잊으세요. 제가 괜한 허언을 했나 보네요."

"그러지."

현월은 그녀를 그만 괴롭히기로 했다.

"한데 무슨 일이지?"

처음 만난 날 이후로, 현월은 그녀에게 한 가지 다짐을 받아두었다.

급한 일이 아니라면 자신의 방에 기척 없이 찾아오지 말라는 것이었다.

"적인 줄 알고 베어버릴지도 모르니까."

그 말뿐인 협박이 먹힌 건지는 모르겠지만, 흑련은 그 이후로 약속을 철저히 지켰다.

그런데 오늘, 이렇게 방 안에 몰래 들어온 것이다.

이내 현월에게 발각당하기는 했지만.

"금왕께서 말씀을 보내셨습니다."

"…전서구나. 사람의 흔적은 없었던 것 같은데."

하기야 의사를 전달할 방법쯤은 무궁무진할 터였다.

단순히 바깥에서 만나고 돌아왔을 수도 있었고.

"그래, 무슨 얘기지? 아무래도 나와 관련된 이야기인가 본데."

"그렇습니다."

흑련이 짐짓 목소리를 가다듬었다.

"현월 님의 첫 상대가 정해졌습니다."

　　　　　*　　　　*　　　　*

　한중(漢中).

　한고조 유방의 제업이 시작된 땅이자, 지리적으로는 사천성과 감숙성, 섬서성의 가교 역할을 하는 도시.

　그곳으로 발을 내딛는 소년이 있었다.

　"흠."

　소년은 가벼이 심호흡을 했다.

　"중원의 공기라 해서 크게 다를 건 없군."

　그나마 미세한 차이나마 찾아보자면 감숙성의 공기엔 응당 실려 있을 법한 미세한 모래 알갱이가 느껴지지 않는다는 것 정도?

　물론 그것은 공기 자체의 차이라기보다는 풍토의 차이에 지나지 않았다.

　어쨌든 소년이 예상했던 것만큼의 감흥은 딱히 느껴지지 않았다.

　"한데 금왕이란 놈은 손님 맞는 법을 모르는가 보구나. 본좌에게 서신을 보낼 정도라면 응당 본좌의 행보 또한 예측했어야 하거늘."

　거의 찰나지간이었다.

여섯 명의 흑의인이 나타나 소년의 앞에 부복한 것은.

주변의 사람들이 기이하다는 시선을 보내며 지나갔다.

그들은 그저 소년이 좀 고귀한 신분인가 보다 생각하고 마는 것이었다.

이는 소년이 풍겨내는 기이한 기도에 기인한 바가 컸다.

대막의 땅을 가로질러 왔음에도, 그의 비단옷엔 약간의 먼지조차 묻어 있지 않다는 점 또한 큰 이유로 작용했으리라.

소년, 심령당주 노혈경은 빙긋 웃었다.

"금왕이란 놈이 그래도 사람을 대접할 줄은 아는 모양이군."

앞서 중얼거린 말과 배치되는 한마디.

그러나 부복해 있는 어느 누구도 그 말에 토를 달지 않았다.

"노혈경 당주님을 모시라는 명을 받고 왔습니다. 저희를 따라 가시지요."

"아해들아, 금왕은 어디에 있더냐?"

"그분께선 지금 비무가 펼쳐질 장소를 물색 중이십니다. 일전의 날짜가 정해지기 전까지는 저희가 당주님의 시중을 들 것입니다."

"비무? 본좌는 비무를 하러 오지 않았다."

노혈경이 입술을 혀로 축였다.

"그 암제라는 놈을 비틀어 죽이고 여남을 쟁취하러 온 것일 뿐!"

스산한 기운이 노혈경을 중심으로 흘러나왔다.

하지만 부복한 흑의인들은 일말의 동요도 보이지 않았다.

노혈경은 기운을 거두고서 턱을 쓰다듬었다.

"네놈들, 제법이로구나. 본좌의 기세 앞에서도 일절 동요하지 않다니. 금왕을 우습게 볼 일은 아니로군."

"과찬의 말씀이십니다."

"그래, 어쨌든 본좌는 그날이 오기까지 즐기고 놀면 된다는 것이렷다."

노혈경은 클클 웃으며 걸음을 떼었다.

"하면 대체 어떤 주지육림이 마련되어 있는지 보아야겠구나."

*   *   *

"심령당주 노혈경?"

"그렇습니다."

현월은 미간을 찡그렸다.

기억 속에 없는 이름이었다.

"노혈경이란 자는 어떤 작자지?"

"모르시나요?"

"알면 네게 물을 일도 없겠지."

"그건 그렇군요."

고개를 끄덕인 흑련이 설명했다. 물론 그녀가 알고 있는 한도 내에서.

"…그 후로 노혈경은 죽 감숙성에 패주로서 지내 왔어요. 비단길을 이용하는 상단을 습격하여 악명을 쌓았고, 이따금 공동파와 충돌하면서 자신의 존재감을 한껏 뽐냈죠."

"그런 자가 중원으로 돌아온다는 거군."

"그래요. 어쩌면 이미 돌아왔을는지도 모르죠."

"흠……."

턱을 괸 채 생각하던 현월이 물었다.

"그자, 암살하라 한다면 할 수 있겠어?"

흑련의 눈매가 가늘어졌다.

"죄송하지만, 제가 따를 수 있는 명령은 금왕 어르신의 의지에 반하지 않는 것에 한합니다. 그것을 넘어서는 명령은 무엇이 되었든 따를 수 없어요."

"아니, 따르라는 게 아니라."

현월은 한숨을 토하며 말했다.

"그자의 무공 수위. 어느 정도일까 추측해 보겠다는 거야."

"아."

"너는 최소한 나보다는 그자에 대해 잘 알고 있을 테니 말해보란 거지. 암살하겠다고 마음먹는다면 그를 죽일 수 있을지."

"가능합니다."

흑련은 지체하지 않고 말했다.

"시간이 상당히 소요되겠지만요."

"어느 정도?"

"대략 반년쯤……?"

"상당한 고수인가 보군, 그 심령당주라는 자."

"한때는 사파서열 사십 위 이내에 들었을 정도니까요. 지금은 더 강해졌으면 강해졌지 약해지지는 않았을 거예요."

"그래?"

그 말에도 현월은 별다른 두려움을 느끼진 않았다.

다만 그와 별개로 걱정이 되기는 했다.

'강시귀라.'

인간을 인위적으로 조작, 반죽음 상태의 괴물로 만들어 조작한다.

가만 보면 별것 아닌 사술로만 보일지도 모르겠으나, 한

꺼풀 파고들어 보면 그 어떤 무공보다 무서워질 수 있는 능력이었다.

'강시귀가 될 인간의 숫자만 넉넉하다면.'

그렇게 되면 현월로서도 상당히 골치가 아파질 터였다.

흑련 또한 그런 점들을 종합하여 반년이란 값을 도출한 것일 테지.

"그런데……."

현월은 문득 궁금증을 느꼈다.

"어떤 방식으로 반년 내에 암살을 할 생각이지?"

"제가 그것까지 설명해야 하나요?"

"궁금하니까. 되도록 설명해 주었으면 좋겠는데."

흑련은 갈등하는 듯했다.

아무래도 직업상 비밀이니 함부로 누설하기가 꺼려지는 듯했다.

"이거 듣는다고 금왕한테 손해를 끼치지는 않을 것 아냐?"

"…알겠어요."

어쩔 수 없다는 듯 흑련이 입을 열었다.

"가장 좋은 방법은 미인계입니다. 노혈경 그자가 어린 여자를 좋아한다는 건 널리 퍼져 있는 사실이니까요."

"다 늙은 마두가 여자를 탐한다고?"

"듣기로는 반로환동하여 어린 소년의 몸을 지니게 되었다더군요. 그런 만큼 여자를 탐하는 데 문제는 없을 테죠."

현월은 헛웃음을 지었다.

"운도 좋군. 보통 그만큼이나 나이를 역행하지는 않는 걸로 아는데."

"…어쨌든, 그 사실을 이용해 그에게 접근할 겁니다. 처음엔 시비나 노예 등으로 위장하면 되겠지요."

"그런 후에 침상까지 들어가겠다?"

"필요하다면. 그자의 호의를 얻으려면 감내해야겠죠."

"노혈경은 신중한 성격이겠군. 그렇게까지 하는데도 반년이란 시간이 필요할 정도라면."

"그는 강하다고 했을 텐데요?"

"알겠어. 어느 정도는 감이 잡히는 기분이군."

흑련이 작게 한숨을 쉬었다.

그저 한 다경 정도의 짧은 시간 동안 대화를 나눈 것뿐인데도 피곤한 느낌이 들었다.

'내가 이 남자를 경계하고 있기 때문일까?'

현월은 이상한 존재였다.

나이에 걸맞지 않은 강력한 무공을 지닌 것도 그렇지만, 무엇보다도 수십 년은 구른 듯한 신중함이 이질적으로 다가왔다.

그녀 또한 실수를 제법 하는 편이다.

잠행술로는 천하에서 일, 이 위를 다툴 테지만, 이를 뒷받침할 경험과 지식은 일천한 까닭이다.

한데 현월은 달랐다.

수십 년은 구른 듯한 경험이 그의 몸과 머릿속에 축적되어 있었다.

그것은 권장지각을 내뻗는 것만 보아도 알 수 있는 사실이었다.

'게다가······.'

이따금은 다른 이들이 보지 못하는 것조차 보는 듯한 느낌이 들 때가 있었다.

'마치 미래를 아는 것만 같은······.'

거기까지 생각이 미쳤으나, 흑련은 이내 고개를 저었다.

'점쟁이라도 된다는 거야, 뭐야? 바보 같은 생각을 하고 말았어.'

"무슨 생각을 하기에 고개를 젓지?"

현월의 물음에 그녀는 흠칫했다.

"뭐라고 하셨죠?"

"못 들은 척하다니 평소의 너답지 않군. 무슨 생각을 하냐고 물었어."

"아."

흑련은 현월의 시선을 회피했다.

"아무 생각도 하지 않았어요."

"아무 생각도 하지 않은 것 같지 않은데?"

"농이나 건넬 거라면 그만 돌아가 보겠습니다."

흑련은 급히 몸을 일으켰다.

"더 하실 말씀은 없겠죠?"

"유감이군. 마침 할 얘기가 생각났는데."

그녀는 날카로운 시선으로 현월을 응시하다가 자리에 털썩 앉았다.

"말씀하세요."

"음, 소림사 말이지. 아무래도 떡하니 암제인 거 티내면서 찾아갔다간 비명횡사하기 딱일 것 같아서 말이야. 위장을 해야 할 것 같아. 그러려면 네 도움이 필요할 것 같아서."

흑련은 동그란 눈을 깜빡였다.

"위장이라니요?"

"무슨 뜻인지 모르진 않을 텐데?"

모를 리가 있겠는가.

살수에게 있어선 필수라고 할 수 있는 것이 역용과 변장이거늘.

다만 그녀가 의문을 느끼는 것은, 암황의 후예를 자처하는 현월이 위장에 대해 전혀 모르는 눈치라는 사실이었다.

"역용이나 변장, 할 줄 모르시나요?"

"제대로 배운 적이 없어."

"암황의 후예인데도요?"

"암천비류공을 비롯한 암황의 절예 중 어느 것에도 역용과 변장은 존재하지 않아."

암황은 암살자이되 암살자답지 않은 자.

정체를 구태여 숨기지도 않았으며 흔적 또한 지우려 들지 않은 자였다.

'후계자인 암제 또한 마찬가지라고?'

흑련이 물끄러미 바라보려니 현월이 내쳐 말했다.

"도와줄 수 있겠지?"

"…제겐 선택의 여지가 없지 않나요?"

"그건 그래. 어쨌든 잘 좀 부탁해."

말은 쉽다. 그저 잘 부탁한다니.

그래도 현월의 명령인 이상은 따를 수밖에 없었다.

"뭔가, 위장하고 싶은 신분 같은 것은 따로 있나요?"

"평범한 무림인으로 위장해 봐야 소림사 문턱을 넘지도 못할 테지."

그건 그랬다.

하루가 멀다 하고 소림사의 문을 두드리는 이들의 숫자

는 셀 수조차 없을 정도였으니까.

"그러니 영향력 있는 자로 위장해야겠지. 선약 없이 찾아가더라도 방장을 당장에 만날 수 있는 사람."

"…너무 위험한 발상 아닌가요? 자칫하면 소문이 퍼질지도 모르는데."

"그러니 적당한 사람을 골라야겠지. 또한 내가 직접 만나본 적이 있어 대략적인 습관이나 언동을 따라할 수 있다면 좋겠고."

"그런 자가 있다고요?"

현월은 고개를 끄덕였다.

"적당한 녀석이 있지."

4장

방문

"그래."

혜법은 빙긋 웃었다.

"잘 돌아온 모양이로구나."

"죄송합니다."

범화가 고개를 푹 숙였다. 부끄러움에 얼굴을 붉게 물들인 채였다.

"무엇이 죄송하단 말이냐? 굉유가 다치긴 했으나 죽지 않고 돌아온 것만으로도 천행이니라."

"그것이 아니오라……."

범화는 쉽사리 말을 꺼내지 못했다.

자신이 방장의 명령을 어겨 가며 암제와 일전을 벌였고, 그런 주제에 아무런 성과도 거두지 못한 채 돌아왔다는 이야기.

그것을 차마 입 밖으로 꺼낼 수가 없었다.

창피하고 부끄러웠다.

차라리 그때 목숨을 던지는 편이 낫지 않았을까 싶었다.

"사는 건 죽는 것보다 어려운 법이지."

"……!"

범화는 흠칫 놀랐다.

속내를 꿰뚫어 보는 듯한 한마디였던 까닭이다.

혜법은 주름진 얼굴 가득 미소를 지었다.

"안 그렇더냐?"

"방장님의 말씀이… 옳습니다."

"하니 어려운 길을 택한 네 결정은 실로 옳다. 쉬운 길을 택하는 것은 간단하나, 어려운 길을 택하는 것은 복잡한 법이지."

"저는……."

"되었다. 나는 만족했고 어느 누구도 죽지 않았으니, 그것으로 충분하지 않겠느냐?"

범화는 고개를 푹 숙였다.

혜법은 한동안 침묵하다가 화제를 돌렸다.

"네가 떠나 있던 동안 금강원로들이 채근해 오더구나. 한시 바삐 무림맹의 요구를 관철해야 한다고 말이다."

"……."

범화는 이맛살을 구겼다.

소림을 유지하는 삼봉 중 하나라 할 수 있는 것이 금강원이다.

네 명의 원로로 이루어진 금강원(金剛元)은 오랜 세월 소림을 배후에서 좌우해 왔다.

또 다른 두 봉우리 중 하나로는 장생전(長生殿)을 들 수 있는데, 장생전은 실질적인 힘보다는 상징적 의미가 강한 곳이었다.

결국 소림이란 수레는 방장과 금강원, 두 수레바퀴에 의해 굴러간다고 할 수 있었다.

그러한 금강원이 혜법을 견제하고 있었다.

친무림맹파인 그들의 성향을 생각해 보면 일견 당연한 일인지도 몰랐다.

'유설태의 충견들.'

범화는 이를 지그시 악물었다.

불도의 수호자인 중이라 하여 모두가 탈속적인 것은 아니다.

오히려 탈속이란 허물을 지닌 사찰이기에, 속세를 능가하는 부정과 부패가 일어나기도 했다.

소림이라 하여 예외는 아니었다.

올해 일어난 비리 의혹만 열 가지가 넘는다.

그중 절반은 금강원이 직접적으로든 간접적으로든 연루되어 있었다.

물론 이는 어디까지나 비공식적인 조사 결과에 불과했다.

그리고 이것이 공식화되는 일은 어지간해선 없을 터였다.

금강원의 원로들이 어떻게든 방해할 것이기에.

때문에 범화 역시 막대한 물증을 지녔음에도 진실을 밝히지 못하고 있었다.

자칫 그들의 심기를 거슬렀다가 어떤 형태의 보복이 돌아올지 알 수 없었다.

범화 자신이야 상관없다지만 다른 이에게 피해가 가는 것은 참지 못할 일이었다.

'그런 그들이 방장님을 재촉한다는 것은······.'

확실히 암제가 무림맹의 입장에서는 눈엣가시인 모양이었다.

'그놈이······.'

적의 적은 친구라던가?

하나 범화는 암제와 손을 잡는 것 따윈 상상할 수 없었다.

적의 적이라 해도, 그에겐 또 다른 적에 지나지 않았다.

'놈은 외도다.'

범화는 그렇게 확신했다.

한 차례 공방을 주고받은 지금은 그 믿음이 도리어 공고해졌다.

놈이 어떤 마음을 지녔는지는 중요치 않았다.

설령 놈이 구세와 계도에 충실하다 하더라도 상관없었다.

아니, 구세 같은 것은 놈과 애초부터 어울리지 않았다.

범화는 보았다.

암제의 눈빛 너머, 그 안에서 이글거리는 흑색의 불길.

혹자는 귀화(鬼火)라고도 부르는 그것.

'필경 형언하기 힘든 증오와 적개심이 만들어낸 귀화였다.'

그런 불길을 담고 살아가는 자를 어찌 인세의 존재라 부를 수 있을까.

불도를 걷는 자에게 있어 놈의 존재는 도저히 용납할 수 없는 것이었다.

그런 놈이 소림을 찾아오겠다고 한다.

더군다나 혜법은 그런 암제를 만나고자 하는 눈치.

때문에 어떻게든 자신의 선에서 끊어버리고자 했다.

결과적으로는 처절하게 실패해 버렸지만.

'어쩔 수 없는가.'

이미 떠나 버린 살이요, 엎질러진 물이었다.

게다가 그의 앞엔 또 다른 문제마저 놓여 있었다.

"차라리 놈이 금강원로들과 공멸해 준다면 고마울 것 같습니다."

범화는 말을 내뱉고 나서 아차 싶었다.

하도 놈을 생각하다 보니 그만 생각을 입 밖으로 꺼내고 말았다.

"죄송합니다, 방장님. 제가 실언을 했습니다."

공멸이란 곧 양쪽의 죽음을 뜻하는 것.

더군다나 그중 한쪽은 소림에 소속된 자들이다.

따라서 범화가 조금 전 꺼낸 말은 정말 어마어마한 실언이라 할 수 있었다.

자칫하면 목숨마저 위험해질 수 있는.

하지만 혜법은 그런 범화를 나무라지도 않았다.

"놈이라 함은, 필경 암제를 가리키는 것이렷다?"

"그것이……."

"허심탄회하게 대답하려무나."

한참 머뭇거리던 범화가 말했다.

"방장님의 추측일 맞습니다."

"아무래도 네 머릿속엔 온통 암제만이 가득 차 있는 모양이로구나."

"부끄럽습니다."

"부끄러워 할 일이 아니다. 비우기 위해서는 우선 채우고 볼 일이니 말이다."

범화는 말없이 고개만 조아렸다.

혜법은 시선을 마당 쪽으로 돌렸다.

"어찌 되었든, 일단은 암제의 방문을 기다려야겠구나."

*   *   *

유성문주 유백신은 여남에서 돌아온 후 두문불출했다.

대외적인 행사에 불참함은 물론, 허창 연맹의 맹주이자 유성문의 문주로서의 의무조차 팽개쳐 버렸다.

수많은 소문이 꼬리를 물고 이어졌다.

하나 여남에서의 사건을 정확히 집어내는 이는 없었다.

당사자인 유백신은 물론, 유성삼협 또한 철저히 함구하고 있었던 까닭이다.

갖가지 풍문이 생겨났다.

유백신이 암제와의 정면 대결에서 패했다는 이야기, 여남으로 가던 도중에 은거 고수를 만나 탈탈 털렸다는 이야기, 심지어 어마어마한 기연을 얻어 다 때려치우고 폐관에 들어갔다는 이야기까지.

그것이 세상이 알고 있는 유백신의 모든 것이었다.

하지만 하남성 내에서, 오직 숭산 한 곳에만은 미묘한 소문 하나가 더 감돌고 있었다.

"그게 정말일까?"

"그자가 소림사를 찾아온다고?"

"하지만 갑자기 왜?"

"방장님을 찾아 자문을 구하려고 한다는 거야."

"자문? 뭔가 물어볼 게 있다는 소린가?"

"정말 절세의 비급이라도 손에 넣은 것은 아니겠지?"

처음엔 별것 아니던 소문이 이내 눈덩이처럼 불어나기 시작했다.

귀 두 개와 입 하나를 거칠 때마다 소문에는 살이 붙었다.

나중에는 유백신이 혜법 대사에게 비무를 청하러 온다는 얘기로까지 번질 지경이었다.

물론 조금만 생각할 줄 아는 사람이라면 코웃음을 칠 일이었다.

암만 유백신이 기재라고 한들 천하의 소림 방장에 대적할 정도는 결코 되지 못했으니 말이다.

그러한 기묘한 소문이 감돌던 와중.

불청객이 소림에 찾아왔다.

"아아앗!"

사립 앞을 쓸던 동자승이 화들짝 놀랐다.

그 동자승은 본디 허창 출신이었고, 손님은 허창 제일의 유명인이었다.

때문에 얼굴을 알아보는 것이 그다지 어렵지는 않았다.

"안쪽의 어른들게 말씀 좀 전해줄 수 있겠느냐?"

불청객은 미소 띤 얼굴로 말했다.

"불민한 유백신이 배움을 청하기 위해 왔다고 말이다."

*　　*　　*

"범화 대나한님!"

굉유가 법당 안으로 헐레벌떡 뛰어왔다.

법문을 외던 범화가 이맛살을 찌푸렸다.

"무슨 일이기에 이리도 경거망동한단 말이냐?"

"정말로 그자가 찾아왔습니다."

"……!"

범화의 등허리로 식은땀이 흘렀다.

"암제 그놈이 왔단 말이냐?"

"예? 아, 아뇨. 암제 말고 그, 있잖습니까? 쥐새끼 같은 유백신 놈 말입니다. 요새 그놈에 대한 소문이 이래저래 퍼져 있지 않았습니까?"

범화는 한숨을 푹 내쉬었다.

"그깟 일로 호들갑을 떨었단 말이냐?"

"그게… 아무래도 그놈과는 악연인지라."

굉유가 뒷머리를 긁적였다.

그가 흑도의 해결사로 있던 시절, 유백신은 정파 무인들을 선도하여 그를 쫓아내는 데 성공했다.

그 후로 굉유가 복수의 칼날을 부던히도 갈았던 것이 사실이다.

하나 그것은 이미 오래된 일.

유백신에 대한 감정도, 그저 비열한 놈이라는 것 정도밖에는 남지 않았다.

범화 또한 이를 알고 있었다.

"너는 오늘 하루 종일 숙소에서 나올 생각을 말아라. 괜히 나왔다가 유 문주와 마주치기라도 한다면 한바탕 난리가 날 테니."

"으음. 알겠습니다."

"그럼 가보아라."

"옙."

굉유가 뒷머리를 긁적이며 법당을 나섰다.

범화는 눈매를 가늘게 뜬 채 생각에 잠겼다.

'유성문주 유백신이라.'

근래 숭산에 흐르고 있는 소문에 대해서는 그 또한 알고 있었다.

나아가 소문의 형태가 사뭇 이질적이라는 것 또한.

마치 누군가가 의도적으로 퍼트리고 있는 것만 같았다.

무슨 일이 일어나서 소문이 퍼진 게 아닌, 무슨 일을 일으키기 전에 미리 소문을 퍼트린 듯한 느낌.

'아무래도 신중히 따져 봐야 할 듯하다.'

＊　　＊　　＊

유백신은 유성삼협 중 홍일점인 서운영 한 명만을 대동한 채 소림사를 방문했다.

군가량과 진소명이 중상을 입었다는 소문은 사실인 듯했다.

정작 그가 그녀 한 명만을 데려온 이유는 따로 있었지만 말이다.

'위장을 시킬 만한 사람이 따로 없었으니.'

궁극의 역용술사는 체형마저 변화시킬 수 있다.

하나 그것은 자기 자신에 한해서만 가능한 일.

타인의 체구를 변화시키는 것은 역용의 신이라 하여도 불가능하다.

때문에 변장을 시킬 거라면 체구만큼은 비슷한 자를 찾아야 하는데, 군가량이나 진소명과 비슷한 이는 구하기 어려웠다.

'그나마 제갈윤이 진소명과 비슷한 편인데.'

다만 제갈윤은 무공에는 문외한에 가깝다.

자칫 무공을 펼칠 일이라도 생기면 문제였다.

그래서 서운영 한 명만을 데려왔다.

'아니……'

정확히는 흑련 한 명만이라고 해야 할 것이다.

유백신으로 위장한 이는 물론 현월이었다.

유백신이 소림을 방문하리란 소문 또한 인위적인 공작을 통해 퍼트린 이야기였고.

흑련의 도움을 받아, 그는 쌍둥이가 아닐까 싶을 정도의 위장을 한 뒤였다.

실제로 유백신의 얼굴을 아는 동자승마저도 간단히 속아

넘어가 버렸다.

[한데, 정말 괜찮겠어요?]

흑련의 전음엔 불안감이 섞여 있었다.

"음……."

현월은 미묘한 침음을 뱉었다.

무심코 돌아본 그녀의 모습이 서운영과 너무나 닮아 있는 까닭이었다.

두 사람을 나란히 세워놓으면, 차마 현월로서도 어느 쪽이 진짜인지 가리기 힘들 것만 같았다.

[그런데, 뭐라고 했지?]

[정말 괜찮겠느냐고 물었어요.]

[어떤 게 말이야?]

흑련은 나직이 한숨을 쉬었다.

[위장이 간파당하는 경우 말이에요.]

[네 역용술은 완벽하다며? 실제로 내가 보기에도 완벽에 가까운 것 같은데.]

[변장이나 역용의 문제가 아니에요. 상황의 문제지.]

실제 유백신은 지금도 허창 유성문에 틀어박혀 있었다.

하지만 만약 그가 행동을 보인다거나, 누군가 그를 만나고 온다거나 한다면 문제가 생긴다.

결국 둘 중의 하나일 수밖에 없는 것이다.

이쪽 유백신이 가짜든가, 저쪽 유백신이 가짜든가.

그 경우엔 꽤나 골치 아파질 터였다. 가능성 자체야 무척이나 낮았지만.

[소림 방장만 만나고 바로 돌아갈 거야. 그렇게 걱정할 필요는 없어.]

[말처럼 된다면야 좋겠지만…….]

[그만. 놈이 온다.]

두 사람은 전음을 중단했다.

물론 전음을 마구 보낸다 하여 가벼이 간파당할 실력들은 아니긴 했지만, 상대방 역시 보통내기는 아닌 만큼 신중할 필요가 있었다.

'놈'이 고개를 숙이며 합장했다.

"소림에 오신 것을 환영합니다, 유성문주님."

"환대에 감사드립니다."

놈, 범화는 흑련에게도 합장을 해 보였다.

흑련이 어색하게 마주 합장했다.

범화는 곧장 본론으로 들어갔다.

"방장님을 찾아오셨다고 들었습니다만, 용건에 대해 여쭈는 것이 결례가 아닌지 모르겠습니다."

"그 얘기는 방장님을 직접 만나 드리고 싶습니다만."

"죄송하지만."

범화가 부드러운 미소를 지었다.

"시주께서는 부디 오해하지 말아주십시오. 어쨌든 만약의 경우라는 게 있게 마련이니, 방장님을 만나게 하는 일엔 신중에 신중을 기할 수밖에 없습니다."

"이해합니다. 제가 스님이더라도 똑같이 행동했을 것입니다."

"이해해 주시니 고마운 일이군요. 하면 소림을 찾아온 이유를 들을 수 있을는지요?"

"물론입니다."

유백신, 아니 현월은 쓴웃음을 지었다.

"사실 요 근래 돌고 있는 소문에 대해서 알고 계시리라 믿습니다."

"소문이라면……?"

"제가 여남에서 패배를 당했다는 이야기 말입니다."

"아."

범화가 나직이 탄성을 뱉었다.

패배를 안긴 장본인은 각양각색이나, 유백신이 여남에서 누군가에게 패배했다는 것만은 대부분 소문들의 공통점이었다.

'이자의 말을 듣자하니 그게 사실이었나 보군.'

범화는 내심 중얼거렸다.

유백신쯤 되는 고수를 거꾸러트릴 자는 여남을 통틀어 셋 이상이 되지 않을 터였다.

그게 누구인지 추측하는 것쯤은 범화에게 있어 그다지 어렵지 않은 일이었다.

"힘드셨겠습니다."

현월은 쓴웃음만 지을 따름이었다.

그 웃음은 아마도 처연하게 비칠 터였다.

"그간 많은 생각을 했습니다. 유성문의 존재 자체에 대해서도 고민해 보았지요. 제가 그간 기고만장하진 않았는지 또한 고민했습니다."

"좋은 일입니다. 끊임없이 스스로에게 질문을 던지는 것이야말로 어려우면서도 값진 일이지요."

"하면……."

현월, 유백신의 외모를 한 그의 어조가 한층 조심스러워졌다.

"그 어려운 일을 행함에 방장님의 조언을 여쭈어볼 수 있을는지요."

짤막한 침묵이 둘 사이로 흘렀다.

그 와중, 범화의 머릿속은 촌각을 다투듯 빠르게 굴러 가고 있었다.

'유성문주가 왜 이곳에?'

눈앞의 사내가 유성문주가 맞는가 하는 의문은 옆으로 치워둔 상태였다.

범화는 소림의 대외 행사를 자주 맡는 편이었고, 그런 까닭에 유백신과도 자주 대면해 보았다.

때문에 그의 외모는 물론, 사소한 버릇까지 어느 정도는 알고 있었다.

그런 범화의 눈에 비친 지금의 유백신은 평소의 그와 완전히 동일했다.

암제에게 당한 패배 때문에 평소보다 수척해진 모습이 그의 의심을 도리어 덜어버렸다.

그 정도로 흑련이 펼친 역용술은 빼어났다.

물론 유백신의 행동거지를 재현해 낸 현월의 능력 또한 얕볼 수는 없을 테지만.

그에 대해 잘 안다는 점이, 오히려 진위를 가려내는 데 있어 장해물 역할을 하게 된 셈이었다.

어쨌든 유백신의 요구는 일견 그럴싸했다.

강호의 대선배에게 질문을 구하는 것은 결코 부끄러운 일이 아닌 데다, 소림의 위명은 땅으로 떨어진 유백신의 체면을 세워주는 데에도 도움이 될 터였다.

그 과정에서 소림 또한 이득을 볼 수는 있을 테지만, 범화는 거기까지 생각하진 않기로 했다.

그는 장사치가 아니었으니까.

"잠시 기다려 주십시오, 문주. 방장님께 여쭈어본 뒤에 돌아오겠습니다."

"알겠습니다. 천천히 다녀오십시오."

고개를 조아린 범화가 말했다.

"이 아이들을 따라가십시오. 두 분을 대접해 드릴 것입니다."

"알겠습니다."

유백신과 서운영, 아니 현월과 흑련은 동자승의 안내를 받았다.

범화는 두 사람을 일별하고는 방장실이 있는 본당을 향해 몸을 돌렸다.

그 와중.

서운영과 눈을 마주친 범화는 미세한 위화감을 느꼈다.

다만 그것이 무엇인지는 스스로도 설명할 길이 없었다.

'뭐였지?'

평소의 서운영과 거의 동일한 모습.

그러나 눈빛이 약간은 달랐다.

평소의 그녀가 사글사글하면서 가벼운 눈빛을 하고 있었

다면, 지금은 보다 날카로우면서도 깊은 눈빛을 지닌 채였다.

'일전의 패배 때문이겠지.'

범화는 그저 그렇게만 생각했다.

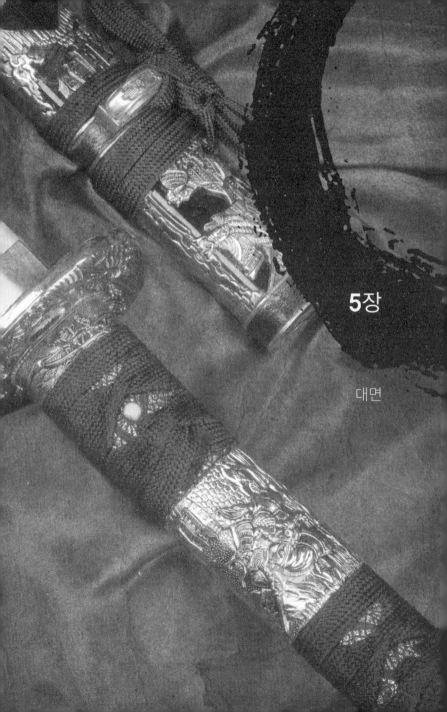

5장

대면

　혜법의 반응은 간결했다.

　"그들을 데려오너라."

　고개를 조아린 범화가 이내 유백신과 서운영을 데려왔다.

　두 사람을 넌지시 바라보던 혜법이 빙그레 미소를 지었다.

　"범화야."

　"예, 방장님."

　"가서 일 보도록 하여라."

"예? 하지만……."

범화는 주저하는 눈치였다.

달랑 세 사람만 남겨둔 채 방을 나서는 것이 저어되는 것이었다.

어찌 됐든 혜법은 소림의 방장.

언제 무슨 봉변을 당할지 모르기에 항상 대비해야만 했다.

만에 하나의 가능성일지 몰라도, 저들이 혜법을 해코지하려 든다면 어쩔 것인가?

물론 그것이 쓸데없는 걱정임은 누구보다도 범화가 잘 알고 있었다.

애초에 혜법이 봉변을 당할 일이면 범화 정도가 어찌할 수 없는 수준일 테니까.

그렇더라도 내심 염려가 되는 것은 지극히 자연스러운 일이었다.

하지만 혜법은 재차 입을 열어 범화를 재촉했다.

"나가 보려무나. 심려할 필요는 없느니라."

"…예, 방장님."

두 손님을 일별한 범화가 방장실을 나섰다.

혜법은 유백신을 물끄러미 응시했다.

"이렇게 만나는 것은 처음이로구려."

유백신은 고개를 숙여 예를 취했다.

"사해만방에 이름이 드높은 대사님을 이제야 찾아뵙는 유 모의 어리숙함을 꾸짖어 주십시오. 대사님을 흠모하여 항상 찾아뵙기를 바라왔으나, 일신상의 사정으로 인해 이렇게 늦어지고 말았습니다."

지켜보는 흑련이 혀를 내두를 달변이었다.

하지만 혜법은 미묘한 미소를 지을 따름이었다.

"그러실 필요는 없소이다."

"…예?"

"유성문주의 흉내를 낼 필요는 없단 말이외다."

"……."

유백신, 아니, 현월은 눈빛을 바로 했다.

"알고 계셨습니까?"

"훌륭한 역용술이로구려. 연기 또한 감쪽같았소."

"하지만 간파당했지요."

현월은 쓸쓸히 중얼거렸다.

혹시나 하는 마음이 있긴 했으나, 설마 첫 대면에 바로 간파해 버릴 줄은 몰랐다.

"소림의 고승에겐 천리를 내다보는 혜안이 있다더니, 그 말이 사실이었나 보군요."

"그것은 과장이외다. 빈승은 그저 운이 좋았을 뿐."

"……."

"시주가 바로 그 암제로구려."

"그렇습니다."

혜법의 시선이 흑련에게로 향했다.

"그렇다면 어여쁜 여시주께서는?"

"제가 개인적으로 거느리고 있는 수하입니다."

현월이 대신 설명했다.

되도록 흑련의 정체를 밝히고 싶지 않았기에 두루뭉술하게만 표현을 했다.

"그렇구려."

혜법은 구태여 꼬치꼬치 캐묻지 않았다.

그는 두 사람을 번갈아 보고는 입을 열었다.

"우선은 감사해야겠구려."

"무엇을 말씀입니까?"

"굉유의 일 말이외다. 그 천둥벌거숭이를 긍휼히 여겨 목숨을 보존해 주었으니, 빈승으로선 그저 감사할 따름입니다."

"고마워하실 필요는 없습니다. 죽여 없앴더라면 소림과의 관계가 최악으로 치달았을 테니, 살리는 것이 당연한 선택이었습니다."

현월의 냉정한 대답에도 혜법은 미소를 풀지 않았다.

"그렇다 하여도 고마운 것은 고마운 것이지요."

"……."

"어쨌든, 암제께서 오늘 이 늙은 땡추를 찾아온 이유는 무엇이오?"

"이유는 이미 알고 계시리라 생각합니다만."

"늙은 빈승으로서는 그저 아리송할 따름이구려."

현월은 미간을 살짝 찡그렸다.

정말 몰라서 저러는 것일까, 아니면 그저 의뭉을 떠는 것일까?

할 수 없이 간략히 용건을 말했다.

"무림맹 군사 유설태가 소림에 밀명을 내린 것으로 알고 있습니다. 두 명의 무승이 암월방을 찾아왔던 것은 그 때문이고 말입니다. 필시 암월방을 궤멸시키고 저를 죽이라 했겠지요."

거기까지 말한 현월이 한 차례 혜법의 태도를 살폈으나, 그는 엷은 미소만 띠고 있을 따름이었다.

"그 사실 여부를 확인하러 온 것입니다."

짤막한 침묵 뒤로 혜법이 입을 열었다.

"만약 그것이 사실이라면 어찌 하시려오?"

"관계를 끊게끔 만들어야지요."

"관계를 끊지 못하겠다면 어찌 하시려오?"

"적이라면 그저 쳐서 없앨 따름입니다."

광오하기 짝이 없는 대답이었다.

하나 그 말을 내뱉은 현월의 표정엔 일말의 흔들림조차 존재하지 않았다.

혜법은 솔직하게 대답했다.

"서신이 온 것은 사실이오. 그에 근거하여 두 명의 무승을 보낸 것 또한 사실이외다."

"…계속 그들의 명령을 따를 생각입니까?"

"그거야 시주의 그릇에 달려 있는 것 아니겠소?"

현월은 눈살을 찌푸렸다.

"그게 무슨 말씀입니까?"

"지금 빈승의 눈에 보이는 것은 인피면구로 얼굴을 가린 사내의 모습이오. 정말 중요한 것은 진짜 얼굴이 아니라, 그 안쪽에 무엇을 품고 있느냐는 것이리라 생각하오."

혜법의 어조가 진중해졌다.

"대답하시구려. 암제를 자처하는 시주의 목적은 무엇이오?"

"저는……."

현월은 갈등했다.

중원 무림의 안녕을 기원한다거나, 무고한 평민들의 삶을 지켜주고 싶다거나, 인생의 섭리를 탐구하고 싶다거나.

그러한 대답들을 뱉는 것이 정론이란 것은 알고 있었다.

소림 측에 조금이라도 좋은 인상을 남기기 위해선 최대한 올바른 대답을 함이 나을 것임은 자명한 사실이었다.

'하지만……'

오히려 그렇기 때문일까?

현월은 자기 자신을 속이고 싶지 않았다.

그것은 회귀하기 전의 생에서부터 그가 항시 지녀 왔던 자존심의 발로였다.

어떤 상황에 부딪치더라도, 항상 자기 자신만은 속이지 말 것.

진솔한 질문에는 솔직함으로써 맞설 것.

그래야 자신의 의지가 흔들리지 않을 거라 생각했다.

'그리고……'

지금이야말로 그 의지를 관철할 때였다.

"복수입니다."

현월의 어조는 담담했다. 혜법의 기다란 백미가 움찔 흔들렸다.

"복수라……?"

"그렇습니다."

"흐음."

혜법이 침음을 뱉었다.

그는 굳은 얼굴로 현월에게 질문했다.

"누구를 향한 복수인지 알 수 있겠소?"

이번에는 촌음도 지체하지 않았다.

"무림맹 군사 유설태. 그리고 그를 따르는 무리에 대한 복수입니다."

"……!"

혜법의 길고 흰 눈썹이 파르르 떨렸다.

그의 양손아귀가 법의 자락을 구겼다.

천금보다도 무거운 고요가 내리깔렸다.

일촉즉발의 상황.

자칫하면 칼부림이 벌어질지도 몰랐다.

흑련은 품속으로 손을 가져갔다.

그의 임무는 어디까지나 현월을 돕는 것.

싸워야 한다면 중이든 비구니든 주저하지 않고 쳐야 할 것이다.

싸움이 벌어진다면 최선은 혜법을 제압하여 인질로 삼는 것이었다.

그렇다면 결국 가장 중요한 것인 시간 자체였다.

스윽.

현월이 손을 들어 흑련을 제지했다.

움찔 놀란 흑련이 품 안의 단도를 놓았다.

혜법은 여전히 담담한 표정이었다.

"그 말은, 곧 무림맹에 대한 전쟁을 선포하겠다는 뜻으로 봐도 좋겠소이까?"

"그렇지는 않습니다."

"하면?"

"말씀드린 그대로입니다. 제 복수의 대상은 어디까지나 유설태와 놈을 따르는 무리일 뿐. 무림맹은 제게 있어 적이 아닙니다."

"하나 유설태는 무림맹의 군사요. 그 사실을 모르지는 않을 터인데?"

"무림맹의 군사이기만 한 것이 아니라는 점이 문제겠지요."

의미심장한 대답이었다.

혜법은 한층 목소리를 낮췄다.

"그게 무슨 뜻인지, 설명할 수 있겠소이까?"

"설명할 수는 있습니다. 하지만 그것으로 정말 충분하겠습니까?"

"그게 무슨 말이오?"

"제가 대사님께 설명을 드린다면, 대사님은 정녕 그 이야기를 믿어주실 수 있겠느냐는 것입니다."

혜법은 잠시 침묵했다.

저렇게까지 말한다는 것은 한 가지 사실만을 의미했다.

현월이 털어놓을 이야기가 세간의 상식에 크게 배치되는 내용이라는 것.

'나아가, 무림의 근간을 흔드는 이야기일는지도 모른다.'

암제의 위명은 이미 여남에만 국한된 것이 아니었다.

특히나 암흑가와 연이 닿아 있는 이들에게는 더더욱 그러했다.

그것이 소림에 좋은 것이든 나쁜 것이든 허투루 넘길 수는 없었다.

게다가 수하 한 명만을 대동한 채 소림 한복판에까지 들어왔다.

그런 자가 구태여 거짓말을 할까 싶기도 했다.

물론 그런 심리 자체를 역이용하려는 술수일 가능성도 아주 없지야 않겠지만…….

'그건 너무 멀리 나간 듯싶군.'

혜법은 머릿속을 비웠다.

지금은 그저 자신의 직감을 믿기로 했다.

"내용 여하에 따라 달라지겠으나, 무조건 배격하지는 않으리다."

현월은 고개를 끄덕였다.

지금은 그것만으로도 충분했다.

"유설태는, 그는 혈교의 장로입니다."

*　　*　　*

자그만 체구의 소년이 입매를 비틀었다.

"네가 금왕이더냐?"

깡마른 체구의 노인이 미소를 띠었다.

"그렇다."

"흠."

소년, 심령당주 노혈경은 턱을 매만졌다.

금왕은 생각한 것보다 초라한 사내였다.

세월의 풍파를 온몸으로 받은 듯한 거친 피부.

세상 모든 것을 손아귀에 넣을 수 있노라는 평과는 한참 동떨어진 듯한 깡마른 체구.

그럼에도 허투루 볼 수 없는 것은 눈동자 때문이었다.

'우리와 비슷한 부류란 말이지.'

금왕의 눈동자 안에 넘실대는 것은 광기였다.

홍채 너머로 똬리를 트고 있는 한 마리의 뱀.

모든 것을 먹어치우고 난 후엔 자신의 꼬리마저 집어삼키는 탐욕스러운 뱀 한 마리가 그곳에 존재했다.

모든 것을 가졌기에 모든 것을 갈구한다.

"본좌가 제대로 본 게 맞다면……."

노혈경은 사납게 웃었다.

"네놈은 미치광이로구나."

금왕의 수행원들이 울컥하고 반응했다.

그들에게 있어 금왕은 제국의 황제조차 넘어서는 절대적인 존재.

그런 만큼 노혈경의 언사를 그냥 듣고 넘기지는 못하는 게 당연했다.

하나 노혈경은 태연했다.

"왜, 불만이더냐?"

"……."

"그렇다면 본좌의 멱을 따려 드는 것도 나쁘지 않겠지. 하나 그렇게 되면 본좌는 네놈들을 강시귀로 만들어 부려 먹을 생각이야. 그래도 좋다면 얼마든지 덤비도록 해라."

"크……."

자그맣게 침음만 흘리는 수행원들이었다.

물론 그들이 덤벼들지 못하는 것은 노혈경이 두렵기 때문은 결코 아니었다.

금왕이 아무 명령도 내리지 않기 때문일 뿐.

그의 일신이 위협받는 경우가 아니라면 수신호위들은 함

부로 움직이지 않는다.

그것은 금왕이 내린 절대적인 철칙이었다.

그리고 노혈경은, 금왕을 비하하긴 했으되 직접적인 위해는 가하지 않았다.

때문에 그들은 그저 분한 마음을 삭일 따름이었다.

하지만 그것도 금왕의 말이 들려오기 전까지의 일이었다.

"관두어라. 손님께 이 무슨 무례란 말이냐? 앞으로 심령당주에게 결례를 범하는 자는 엄벌로 다스리겠다."

뚝.

수행원들은 언제 그랬냐는 듯 분기를 거두었다.

그러고는 마치 아무 감정조차 없는 석상인 양 있는 것이었다.

"허."

노혈경은 탄성을 토했다.

"태어난 순간부터 길러 온 번견조차 이렇게나 충성스럽지는 않겠군. 강시귀도 아닌 것들이 말 한마디에 절대복종하는구나. 대체 무슨 수를 써서 이것들은 구워삶은 것이지?"

"그것은 기밀일세, 심령당주."

"흠. 뭐, 좋다. 어차피 내 알 바는 아니지."

"중원으로 돌아온 기분은 어떤가?"

"딱히 뭐라 말할 건 없군. 어차피 사람 사는 곳이란 다를 게 없는 법이니."

"그러는 것치고는 들뜬 듯한데?"

노혈경은 피식 웃었다.

"불어오는 바람결에서 피 냄새를 맡을 수 있다. 전란의 냄새지."

"호오."

"작금의 무림은, 겉보기로는 태평성대를 구가하고 있는 것 같더군. 하지만 본좌는 알 수 있다. 피로 피를 씻어내는 시대가 도래할 거다."

"그러고 보니 얼마 전에 패도궁주 백진설을 만났다고 들었네만."

노혈경의 눈빛에 순간 순종적인 기색이 스쳤다.

그와 같은 오만한 마두에겐 이례적인 일이었다.

그리고 금왕은 그 순간적인 변화를 놓치지 않았다.

"호오. 그를 통해 견식을 넓혔다는 게 사실이었나?"

"그는… 도량이 큰 인물이었다."

노혈경은 당황한 기색이었다.

자신의 입에서 이 같은 표현이 나왔다는 게 믿기지 않는 눈치였다.

하지만 그 표현 외에 백진설을 표현할 길이 없는 것 또한
사실이었다.

그는 정녕 마존을 자처하는 노혈경마저 뛰어넘은 그릇의
소유자였으니까.

"그런데……."

노혈경은 날카로운 눈으로 금왕을 노려봤다.

"네놈은 어찌 그 사실을 알고 있는 거지? 감숙성에서의
일이 그렇게까지 빠르게 퍼졌을 리는 없는데?"

"사막의 모래바람이 실어다 주는 이야기를 들었을 뿐."

"흥! 어울리지 않게 흰소리를 잘 지껄이는 성격이로구
나."

"어쨌든 기대할 만하겠군. 나는 자네의 옛 전력만을 상정
하고서 이번 대결을 꾸민 것인데, 자네가 진정 견식을 넓혔
다면 암제가 꽤나 고생하겠어."

암제.

참으로 거슬리는 단어였다.

노혈경은 그 단어를 듣자마자 살심이 피어나는 것을 느
꼈다.

"대체 그 호로 자식은 누구더냐? 감히 어둠의 왕을 자처
하다니. 제정신이 아닌 놈이로군."

"궁금한가?"

"당연한 소리. 먼 과거의 암황을 제외하고는 어느 누구도 감히 그러한 별호를 자처하지 못했다."

정말 견디기 어려운 것은, 다른 이들 또한 큰 거부감 없이 놈을 암제라고 지칭한다는 점이었다.

사실 이는 금왕의 영향력 때문이었다.

암흑 세력 사이에서 가장 거대한 영향력을 지닌 그가 암제를 인정하다 보니, 다른 이들로선 감히 이에 토를 달 수가 없었던 것이다.

물론 노혈경은 거기까지는 알지 못했다.

그저 암제라는 이름 자체가 경멸스러울 따름이었다.

무럭무럭 피어나는 살심.

금왕 또한 새삼 피어나는 흥분을 억누를 자신이 없었다.

암제와 노혈경의 일전이라면 근 삼 년 동안 벌어진 것 중 최고의 한판이 될 것이 분명했다.

"자네가 할 일은 간단하네. 여남으로 가게. 그리고 암제를 죽이면 되네. 시작하는 시기는 물론, 방법 또한 자네가 원하는 대로 하면 될 일이야."

"흥."

노혈경은 콧방귀를 뀌었다.

"어차피 처음부터 그럴 생각이었다. 백도 놈들이 하는 것처럼 닭장 같은 비무대 위에서 허우적거리는 짓 따위는 벌일 마음이 없다."

그가 보기에 목숨이 오가지도 않는 비무 따위는 애들 장난에 지나지 않았다.

목숨이란 판돈이 걸려 있지 않은 대결에 어느 누가 전력을 다할 수 있다는 말인가?

더군다나 무인의 진가는 생사의 기로에 섰을 때 진정으로 발휘되는 법이었다.

"놈을 죽이면 자네의 승리, 놈에게 죽는다면 자네의 패배가 되겠군."

"그럴 일은 일어나지 않을 것이다."

칼로 베듯 단언하는 노혈경.

그를 향해 금왕은 넌지시 말했다.

"승리했을 경우엔 그에 걸맞은 보상이 주어져야겠지. 원하는 것이 따로 있는가? 내가 들어줄 수 있는 거라면 뭐든 들어주지."

"일단은 놈을 죽인 후에 생각하겠다."

"시원시원해서 좋군."

금왕은 빙긋 웃었다.

"암제 또한 이처럼 시원시원하다면 좋을 텐데 말이야."

"그건 무슨 뜻이지?"

"아, 그 친구는 자네와 달리 까다로운 편이거든. 아마 승리 보상에 대해서도 이것저것 구체적으로 바랄 것이 분명하네."

"흥. 그럴 필요는 없다고 전해라. 어차피 놈은 본좌의 손에 먹이 따일 테니까."

"그래도 절차는 확실히 밟아둬야 하거든."

"흥."

노혈경은 대화에 흥미를 잃은 눈치였다.

척 봐도 당장 여남으로 떠나고 싶어 하는 것이 느껴졌다.

'하지만 아직은 안 되지.'

준비해야 할 것이 많았다.

관객들을 위한 최적의 자리 또한 마련해야 할 터.

여남 전역이 싸움판이 될 테니 적당한 자리가 필요할 것이었다.

그게 모두 준비되는 시점은 아마도……

"다음 달 초가 되겠군."

"뭐라고?"

금왕은 노혈경에게 말했다.

"보름 후에 여남으로 떠나게. 도착하는 순간부터는 오로지 자네의 의지에 따라 행동하게. 암제를 죽인다는 목표만 유지한다면 무슨 짓을 해도 좋네."

"흥, 당연한 소리다."

노혈경이 딱딱하게 대꾸했다.

금왕은 그런 그에게 빙긋 웃어주었다.

'현검문에 대해서도 알려준다면 재미있을 것 같지
만……'

일단은 현월과 약속한 바가 있었다.

그러니 그 정보만큼은 내놓을 수 없었다.

어쨌든 지금 당장으로서는 말이다.

'상관은 없겠지. 어차피 자네 또한 내 손아귀 안에 있으
니 말일세, 암제여.'

금왕은 마음속으로 중얼거렸다.

6장

포위망에 갇히다

"⋯⋯."

무거운 침묵이 방장실을 짓눌렀다.

혜법은 믿을 수 없다는 눈으로 현월을 바라봤다.

현월은 실망하지 않았다.

어차피 이런 반응은 예상한 것이었다.

하기야 예전의 그였다면, 회귀하기 전의 미래를 보지 못했더라면 도저히 믿을 수 없었을 것이다.

"⋯군사는 훌륭한 인품을 지닌 인물이오. 그런 그가 혈교의 장로라 말하는 것이오?"

"저 또한 유설태에 대해서는 잘 알고 있습니다. 그에 대한 세간의 평가가 어떤지도 말입니다."

"혈교는 이미 오래전에 멸망일로를 걷지 않았소? 당시 무림맹은 철저한 삭초제근을 통해 혈교 부활의 여지를 없앴소."

잠시 입을 닫았던 혜법이 덧붙였다.

"빈승 또한 그 당시 함께했었고 말이오."

"……"

현월은 난감한 기분이었다.

그 시절을 실제로 겪은 어른 앞에서 과거가 어땠느니 떠드는 것만큼이나 멍청한 짓은 없었던 것이다.

하지만 현월이 말하고자 하는 것은 과거가 아닌 미래였다.

"간단히 말씀드리죠. 혈교는 완전히 파멸하지 않았습니다. 당시 무림맹이 쳐 없앤 것은 그 일부에 불과합니다."

"……"

"기사회생했다는 표현조차 적절하진 않습니다. 혈교는 잠시 몸을 웅크렸던 것에 불과합니다. 거북이가 등껍질 안에 숨는 것처럼 말입니다."

"……"

한참을 침묵하던 혜법이 말했다.

"그 말을 증명할 수단은 있소?"

"지금 당장 보여드릴 수 있는 것은 없습니다."

말을 하면서도 현월은 내심 쓴웃음을 지었다.

새삼 자신이 얼마나 무모한 짓을 벌였는지 실감이 되었다.

상대방을 설득할 수단 하나 가지지 못한 채 그저 들이닥치는 우매함이라니.

'아니, 아주 없지는 않다.'

현월은 그 순간 결심했다.

"믿기 힘드신 것, 이해합니다. 다만 한 가지 방장님께 보여드리고 싶은 것이 있습니다."

"그게 무엇이오?"

"그전에, 한 가지 약조해 주셨으면 합니다. 지금부터 제가 보여드리는 것, 말씀드리는 것에 대해 어느 누구에게도 발설하지 않겠다고 말입니다."

"음……."

잠시 고민하던 혜법이 고개를 끄덕였다.

"그러리다."

"감사합니다."

현월은 고개를 꾸벅 숙였다.

그러나 곧장 본론으로 들어가지는 않았다.

그는 흑련을 돌아봤다.

"…뭔가요?"

[너도 약속해 줬으면 한다.]

전음으로 말을 하는 현월이었다.

흑련도 전음을 써서 대꾸했다.

[비밀을 엄수하란 건가요? 알겠어요. 아무에게도 말하지 않겠습니다.]

[금왕이 묻더라도 말인가?]

흑련의 고운 아미가 살짝 일그러졌다.

[그건…….]

[금왕이 묻더라도 대답하지 않는다. 그렇게 약속해 주었으면 좋겠는데.]

[당신은 불가능한 요구를 하는 사람이 아닐 텐데요?]

[그리고 이건 불가능한 일이 아니지.]

[…….]

붉은 입술을 살짝 깨문 흑련이 한숨을 쉬었다.

[알겠어요. 설령 금왕께서 여쭙더라도 말하지 않겠어요.]

"좋아."

현월이 중얼거렸다.

"얘기는 다 하셨소?"

"그렇습니다. 그럼 지금부터 보여드리죠."

나직이 심호흡을 한 현월이 암천비류공의 기운을 일주시
켰다.

츠츠츠츠.

시커먼 암무(暗霧)가 현월의 몸 주변으로 피어났다.

삼화취정이나 오기조원이 빚어내는 광무를 어둠으로 치
환한 듯한 광경.

항마(抗魔)의 성질을 지닌 불가 계열의 무공에는 상극이
라 할 수 있는 사특한 기운이었다.

그저 바라보는 것만으로도 혜법은 피부가 쓸려 나가는
기분이었다.

암천강기.

어둠이 방장실 내부를 가득 채웠다.

"으음……."

혜법이 기어코 침음을 토했다.

그에게 있어 지금 방 안의 상황은 독무(毒霧)를 잔뜩 뿌려
놓은 것이나 진배없었다.

물론 그의 내공은 항마불존공(抗魔佛尊功)의 기운이라면
현월의 암천강기에 맞서고도 남을 터였다.

실제로 이 기운이 조금만 위협적으로 돌변하더라도, 그
는 곧장 내공을 운용할 생각이었다.

하지만 그렇지는 않았다.

현월은 단순히 자신의 기운을 선보이고만 있을 따름이었
다.

그것만으로도 숨이 턱 막힐 정도인지라 문제일 뿐이지.

흑련은 혜법보다는 사정이 좋았다.

하나 그녀로서도 암천강기의 기운이 부담스러운 것은 사
실이었다.

암흑의 속성은 별 문제가 아니었다.

그녀 또한 같은 계열의 심공을 익혔으니까.

문제는 암천비류공 자체가 지닌 특유의 공격성이었다.

타인의 살기나 투기에 예민할 수밖에 없는 것이 살수였
고, 최고의 살수인 그녀는 자연히 현월의 기운에 불편할 수
밖에 없었다.

"그것은……?"

혜법이 입을 열었다.

"암천비류공."

현월은 솔직하게 대답했다.

"암황이 남긴 무공입니다."

"으음……!"

혜법이 묵직한 침음을 토했다.

그 또한 암황에 대해선 잘 알고 있었다.

그가 남겼다는 암천비류공 역시.

사실 어느 정도는 예상한 바였다.

암제라는 별호부터가 암황을 의식한 작명인 만큼, 그가 암황의 후계자일지도 모른다는 추측은 이미 만연해 있었다.

그것이 실제로 확인되었다는 점은 또 다른 차원의 얘기였지만 말이다.

"빈승에게 보여주고 싶다는 것이 그것이었던 모양이구려."

혜법의 어조엔 얼룩 같은 아쉬움이 남아 있었다.

확실히 놀랍기는 하다.

기운 자체가 지닌 불편한 감각을 제외하고 본다면 일견 경이롭기까지 했다.

하나 그것이 유설태에 대한 비방의 증거가 되지는 못한다.

애초에 암제가 누구인지, 무슨 무공을 익혔는지 따위와 유설태의 정체는 아무 관련도 없는 것이다.

현월 또한 그 정도는 잘 알고 있었다.

"아직 하나가 더 남았습니다."

"하나가 더?"

"그렇습니다."

현월은 흉부의 옷섶을 열어 젖혔다.

대체 무슨 짓을 하려는가 바라보던 혜법이 눈동자가 순간 흔들렸다.

"그것은……!"

현월의 흉부엔 기기묘묘한 술진이 새겨져 있었다.

그것이 정확히 무엇을 의미하는지는 혜법으로서도 알 도리가 없었으나, 사라진 사교의 수법들 중 하나라는 것만은 알 수 있었다.

"회귀대법의 술진입니다."

"회귀대법!"

혜법의 목소리가 갈라졌다.

그만큼 그가 느끼고 있는 충격은 상당했다.

물론 이 또한 진위를 가려낼 증거는 없었다.

혜법이 알 수 있는 사실은 이것이 특수한 힘을 지닌 술진이라는 것 정도였으니까.

'하지만…….'

현월이 말한 게 사실이라면, 다음과 같은 추측이 가능해진다.

"정녕 시주는 시간을 거슬렀다는 것이오?"

"그렇습니다."

현월은 담담히 입을 열었다.

가족에게조차 얘기하지 못했던 이야기를, 처음으로 타인

에게 털어놓는 순간이었다.

혜법의 이마 위로 땀 한 방울이 흘러내렸다.

"그걸 증명할 수 있겠소?"

현월은 잠시 생각했다.

회귀했다는 것은 곧 미래를 알고 있다는 것.

하지만 그가 회귀함으로써 과거가 바뀌어 버렸고, 그로 인해 미래 또한 연쇄적으로 변해 버린 것이 사실이다.

때문에 그의 회귀와 무관한 사건을 제시해야 할 터였다.

예컨대…….

"방장님께선 현 낙양의 태수가 누구인지 알고 계실 겁니다."

"그야 물론이오. 태의군(太義君) 전하가 아니시오?"

"앞으로 한 달 뒤. 황하 부근으로 사냥을 나갔다가 독사에게 물려 요절할 것입니다. 기억하기로는 한 달가량 고통스럽게 앓다가 죽은 것으로 알고 있습니다."

"……!"

혜법의 눈에 탁기가 감돌았다.

현월은 그가 고민하고 있음을 깨달았다.

'사냥을 말림으로써 그자를 살릴 것인가, 내버려 둠으로써 내 말이 진실인지 확인할 것인가.'

한참을 침묵하던 혜법이 어렵사리 운을 뗐다.

"시주께선 빈승에게 숙제를 안겨주시는군."

"선택은 방장님의 몫입니다."

"……."

현월은 자리에서 일어나야 하는지 고민했다.

혜법의 침묵은 제법 무거웠고, 아무래도 그에겐 고뇌할 시간이 필요해 보였다.

'원래대로라면 태수의 목숨을 구할 테지만.'

그러나 그 반대편에 걸려 있는 것은 무림의 명운이다.

현월의 말마따나 정녕 유설태가 혈교의 장로라면, 무림맹의 미래가 어두워질 터.

현월도 조금은 후회가 됐다.

'다른 것을 말할 걸 그랬나?'

하지만 당장 떠오르는 게 그것뿐이었다.

애초에 유설태 아래의 살수로서 지내던 시기엔 대외적인 접촉 자체가 없다시피 했던 현월이었다.

그렇다 보니 회귀를 했다 하나 미래에 대해 알고 있는 점이 전무하다시피 했다.

'하지만…….'

혜법은 현명한 인물이다.

필시 올바른 답을 도출해 낼 수 있을 터였다.

일어나 보겠다고 현월이 말하려는데, 문득 혜법이 입을

열었다.

"만약 시주의 말이 맞다고 친다면."

"친다면, 무엇입니까?"

"추후의 미래엔 무슨 일이 일어나는 것이오?"

이번엔 현월이 고민해야 할 차례였다.

솔직하게 모든 것을 털어놓을 것인가, 아니면 아직은 비밀을 지킬 것인가.

어느 쪽이든 일장일단이 있을 터였다.

"그 모든 것을 털어놓으려면 하루 이틀로는 부족할 것입니다."

"무림맹은 멸망하오?"

요점을 짚는 질문이었다.

실질적으로 무림맹을 경영한다고 할 수 있을 유설태가 혈교의 장로라면, 그 귀결이란 뻔한 것이었으니까.

현월은 고개를 끄덕였다.

"저는 그의 수하였습니다."

"수하……."

"예, 살수였지요. 유설태의 뜻이 정의라고 믿어 의심치 않았고, 그렇기에 손에 피를 묻히는 데에 일말의 주저도 없었습니다."

"으음."

"그리고 그 제거 대상 중엔, 방장님도 계셨습니다."

혜법의 눈동자가 가늘게 떨렸다.

"빈승이 시주의 손에 목숨을 잃었다는 말이구려."

"화현천불(化現千佛)의 수법은 실로 막강했습니다. 하마 터면 제가 죽을 뻔했지요."

"화현천불? 빈승은 그런 초식을 모르오만."

"오 년 후에 창시하시게 됩니다."

혜법의 입이 멍하니 열렸다.

"그런……."

"천현권(千現拳)의 십이 초식을 연구 중이신 걸로 알고 있습니다. 방장님께선 삼 년 후에 깨달음을 얻어 오 년 후 엔 화현천불이란 초식을 창시하시게 됩니다."

혜법은 망치로 얻어맞은 듯했다.

벙어리처럼 한동안 입만 벙긋거렸다.

현월은 본질을 간파했다.

그는 실제로 소림 십팔 권공 중 하나인 천현권에 관심을 가지고 있었다.

'아직 개량할 여지가 많은 권법이라는 생각을 하기는 했 지만…….'

현월이 너무 앞서 나간 셈이다.

아무래도 타인과 관련된 시간관념이 희박하다 보니 어쩔

수 없었다.

혜법은 일순 갈등했다.

만일 현월의 말이 사실이라면, 지금 그에게 자문을 구할 수도 있지 않을까?

무엇보다도 그는 자신이 창시했다는 절초를 직접 목도한 인물인 것이다.

그럼에도 자신을 죽이는 데 성공한 모양이었지만.

실로 기묘한 관계.

혜법은 침음을 토하며 염주를 굴렸다.

"시주께서 또다시 시험을 내리는구려."

"죄송합니다."

현월은 담담히 대답했다.

"하지만 궁금하신 게 있다면 시원하게 물으시는 편이 나으리라 봅니다. 불가에선 욕망을 경계하라고 가르치는 모양이지만, 참으면 도리어 심중의 화병을 북돋게만 될지도 모르잖습니까?"

"시주의 말씀은 이해하오. 하지만 이는 역시 빈승 홀로 깨달아야 할 과정이라 생각되는구려."

"그렇게 말씀하신다면 더 부추기진 않겠습니다."

혜법은 나직이 한숨을 쉬었다.

조금 전 나눈 일련의 대화를 통해, 어느 정도는 현월에 대한 신빙성이 생겨난 차였다.

"이 일에 관련해서는 조금 더 고민해 봐야 할 것 같구려."

"무슨 말씀인지 알겠습니다."

현월은 자리에서 일어났다.

"돌아가시려오?"

"예. 오랫동안 여남을 비워둘 수는 없을 것 같아서 말입니다."

흑련은 조만간 금왕의 호출이 있을 거라 했다.

그 자리에서는 아마도 암류방의 암흑 비무에 대한 얘기가 있을 터.

금왕의 성격을 생각해 본다면 상대는 결코 허투루 볼 자가 아닐 터였다.

당장 돌아가 준비를 하더라도 시간이 부족했다.

혜법은 이해했다는 듯 고개를 끄덕였다.

"알겠소. 차후에는 빈승이 시주를 직접 찾아가리다. 오늘의 대화는 여러 모로 의미가 있었던 것 같구려."

"동감입니다."

현월은 합장의 예를 표하고는 방을 나섰다.

두 사람은 마루를 걸었다. 흑련이 곁으로 다가와서는 나직이 물었다.

"그 얘기, 사실인가요?"

"나와 약속한 내용은 기억하고 있겠지?"

"물론이죠. 다른 사람한테, 금왕께도 얘기하지 않겠어요. 그냥 궁금해서 묻는 거예요."

흑련이 조심스레 운을 뗐다.

"정말로, 당신은 미래에서 온 건가요?"

현월은 짧은 침묵 끝에 입을 열었다.

"…원래대로라면 현검문은 녹림맹의 습격으로 인해 멸망했어야 할 운명이었어. 나는 가족들의 시체 앞에서 맹세했지. 다시는 이런 일이 일어나지 않게 만들겠노라고. 그리고 그런 내 앞에 나타난 자가 무림맹 총군사 유설태였어."

"……."

"나는 그의 칼날이 되었다. 암황의 비전 무공인 암천비류공을 익히고 수많은 살행에 나섰지. 내 목표는 무림맹 내에 존재하는 유설태의 정적들이었어."

"그런……."

"그리고 그들 대부분이 유명을 달리했을 때 깨달았다. 내가 죽여 온 자들은 무림의 미래를 생각하는 열사였다는 것을. 내 스스로가 무림을 패망의 구렁텅이로 몰아넣었다는 것을."

흑련이 침음을 흘렸다.

서운영의 인피면구를 쓰고 있음에도 그녀의 얼굴이 창백해져 있다는 것을 느낄 수가 있었다.

"회귀대법을 남겨 놓은 것은 만약을 대비한 것이었지. 운이 좋다고 해야 할지, 결국은 그게 성공했어."

"그럼 금왕께서는요? 미래의 그분은 어찌 되셨죠?"

"그를 만난 적이 없어서 모르겠어. 무림이 혈교 휘하에 들어갔으니, 그에 맞추어 살아남았겠지."

"......"

"그리고 어차피 지금 와서는 무의미한 미래야. 이미 많은 것이 바뀌어 버렸으니까."

"그건 그렇겠군요."

대화를 하는 와중에 본당 바깥으로 나오게 되었다.

그곳에서 두 사람을 기다리는 것은 소림의 무승 수백여 명이었다.

"......"

본당을 완전히 포위한 형세.

그새 혜법이 마음을 뒤집어 두 사람을 붙잡기로 한 것일까?

그럴 리는 없었다. 그들이 방장실에서 나와 이곳까지 걸어오는 데엔 촌음의 시간밖에 걸리지 않았다.

대화중에 명령을 내렸다면 현월이나 흑련이 알아채지 못

했을 리 없었다.

'그렇다는 건……'

제삼의 경우뿐이었다.

'방장 외의 다른 자가 명령을 내렸다!'

현월은 무승들을 돌아봤다.

하나같이 살기등등한 모습.

그 사이로 익숙한 얼굴도 언뜻 보였다.

다른 무승들보다 머리 하나는 더 큰 사내였다.

나한 굉유.

그는 여느 무승들과 달리 복잡한 표정이었다.

"아무래도 우리 정체가 들통 난 모양인데."

"그런가 보네요."

그때 무승들 사이로 또 하나의 익숙한 얼굴이 걸어 나왔
다.

대나한 범화였다.

"어딜 그리 급하게 가시오?"

"방장님과의 용무를 마쳤으니 돌아가야지요."

"어디로 돌아간다는 말이지?"

"물론 집이 아니겠습니까?"

범화의 이마에 내천 자가 패였다.

"그 집이라는 게 어디에 있느냔 말이다."

"스님께서도 알고 계실 텐데요?"

"역시 속 시원히 대답을 못하는군! 하긴 그럴 만도 할 테지! 너희가 허창으로 돌아갈 일은 없을 테니까."

현월은 유백신 흉내를 그만 내기로 했다.

"어떻게 알았지?"

"하! 어떻게 알았느냐고?"

범화가 어딘가를 가리켰다.

그곳을 본 현월은 자기도 모르게 쓴웃음을 지었다.

"악연은 악연이군."

그곳엔 현월과 꼭 닮은 사내가 서 있었다.

그러니까, 그가 쓰고 있는 인피면구와 꼭 닮은 사내가.

그는 물론 유성문주 유백신이었다.

7장

금강원로(金剛元老)

　'상황이 꼬여 버렸군.'

　하필 위장의 대상인 유백신 본인이, 현월이 찾아온 날 소림을 방문할 줄이야.

　진짜와 가짜의 차이는 거의 없었다.

　새삼 흑련이 만든 인피면구의 완성도가 실감이 됐다.

　"크으……."

　유백신이 이를 갈았다.

　그새 홀쭉 야윈 데다 피부마저 창백해져서 꼭 골병 걸린 병아리 같은 모양새였다.

"네놈은 대체 누구냐!"

범화의 외침에 현월은 피식 웃었다.

"알고 있지 않나?"

"네놈은 암제더냐?"

"그래."

현월은 여전히 유백신의 목소리를 흉내 내고 있었다.

또한 인피 면구 역시 벗지 않았다.

유백신은 현검문의 장자 현월의 얼굴을 알고 있고, 범화는 암월방의 방주 암제의 얼굴을 알고 있다.

그런 두 사람에게 얼굴을 드러낸다는 것이 의미하는 바야 뻔한 것이었다.

여전히 유백신의 목소리를 흉내 내고 있는 것도 같은 이유에서였다.

"면구를 벗고 모습을 보여라!"

범화가 일갈했으나 현월은 비웃음으로 화답할 따름이었다.

"지금 이대로가 더 좋아서 말이지."

"직접 벗겨주어야 만족하겠느냐?"

"할 수 있다면."

범화가 울컥했다.

"지난번엔 행운이 네놈을 따랐다만, 과연 수백의 나한들

앞에서도 그럴 수 있을지는 의문이로구나."

현월은 내심 혀를 찼다.

확실히 엄청난 숫자였다.

소림 내의 정예 무승들만 골라서 온 것이 분명했고, 그들이 펼쳐 놓은 포위망을 뚫기란 꽤나 까다로울 것임이 자명했다.

'하지만 불가능하진 않지.'

현월은 그렇게 확신했다.

생각해 보면, 죽음을 맞던 날의 포위진은 이보다도 훨씬 벅찼었다.

물론 당시의 현월 또한 감당하지 못하고 죽음을 앞둬야 했지만 말이다.

수많은 수라장을 뚫고 온 현월에게 있어 이는 수많은 난관 중 하나에 불과했다.

어렵긴 하나 불가능한 것은 아닌.

[계획이 있나요?]

[네가 웃옷을 벗고 미인계를 펼치는 건 어때?]

[농담할 여유가 있는 것 같아 다행이네요.]

현월은 피식 웃었다.

[농담으로 한 말이긴 한데, 의외로 먹힐 것 같지 않아? 하나같이 여자에 면역이 없는 중들이잖아?]

[나 그렇게 싼 여자 아니에요.]

일언지하에 거절을 한 흑련이 품속의 단도를 움켜쥐었다.

[저 중, 범화라고 했던가요? 당신이 조금만 시선을 뺏어 주면 제압할 수 있을 텐데요. 저번처럼요.]

[일단 기다려.]

현월은 범화에게 말을 걸었다.

"우릴 어떻게 할 생각이지?"

"물론 처벌할 것이다."

"처벌이라. 무슨 이유로 처벌한다는 거지?"

"흑도의 무리로서 감히 무의 성역인 소림에 침입한 죄! 이를 엄벌로 다스리지 않으면 무엇을 엄벌로 다스린단 말이지?"

"우습군. 너도 알다시피 나는 침입을 한 게 아니라 초대를 받아 온 것이다. 소림에서는 손님을 이렇게 대접하나?"

범화의 표정이 순간 경직됐다.

그 또한 잘 알고 있는 사실이었던 까닭이다.

게다가 그 초대자는 방장인 혜법.

이는 자칫하면 금강원의 원로들에게 힘을 실어 주는 결과가 될 수 있다.

아니, 필연적으로 그렇게 될 것이다.

'하지만⋯⋯!'

그렇다 하여 악도를 그냥 보내 줄 수는 없는 노릇이지 않은가?

"너는 유성문주의 행색을 훔쳤다. 유성문주인 척을 하여 우리를 속였지."

"그게 잘못이라면 사과하지. 하지만 그런 이유만으로 처벌이니 뭐니 하는 건 너무 멀리 나간 것 아닌가? 내가 이곳에 와서 한 일은 몇 마디 수다를 떤 게 전부인데 말이야."

"궤변이로구나! 불씨가 아직 작고 희미하다 하여 그냥 내버려 두는 것이 정의인가? 내버려 두면 그 불씨는 산 전체로 옮겨 붙을지도 모르는데?"

"내가 불씨라는 건가?"

"그렇다. 너는 언제 어디를 불태워 버릴지 모르는 불씨다. 그런 너를 미연에 밟아버리는 것이 잘못은 아닐 터!"

교섭 결렬이다.

말로 설득하기엔 범화는 너무나 고지식했다.

[진짜 미움 많이 받는군요, 당신.]

[아무 잘못도 하지 않았는데 말이지.]

[업보라고 생각하세요. 어쨌든 계획은요?]

현월은 주먹을 말아 쥐었다.

"정면 돌파. 자기 몸은 자기가 돌본다."

"편해서 좋네요."

탓!

흑련이 섬전처럼 신형을 쏘았다.

벼락같은 움직임에 범화를 비롯한 나한들이 움찔했다.

"제압하라!"

무승들이 일정한 거리를 사이에 둔 채 직립했다.

자로 잰 것 같이 질서정연한 합진. 소림이 자랑하는 나한진이었다.

흑련의 살초가 그중 일부분을 할퀴었다.

직격당한 무승이 피를 튀기며 주르륵 밀려났으나, 동시에 세 개의 권각이 흑련의 신형에게 쏘아졌다.

그녀는 몸을 허공에서 회전시켜 반격을 흘려냈다.

나아가 그중 하나를 발로 차내서는 허공으로 치솟기까지 했다.

현월도 신형을 날렸다.

자기 몸은 자기가 지키기로 한 참이었으나, 아무래도 협공하는 편이 혈로를 뚫기 편할 듯했다.

'현인검을 가져올 걸 그랬나?'

위장을 위해 가져오지 않은 게 새삼 후회됐다.

'헝겊으로 감아서라도 가져오는 건데……'

그러나 이미 지나간 일.

현월은 아쉬움을 삼키고서 권격을 뻗었다.

콰콰콰쾅!

무형권이 연신 나한진을 두들겼다.

강맹한 위력에 진 전체에 균열이 생겼다.

그 틈으로 흑련이 파고들어선 무승들을 베어냈다.

"굉유! 육항! 마궁! 나를 따르라!"

범화가 신형을 쏘아 쇄도했다.

그는 극성의 탄사권(彈射拳)으로 현월을 물러나게 하고는 곧장 흑련을 향해 쌍장을 떨쳤다.

공중에 떠 있던 그녀로선 회피하기 어려운 궤도였다.

하나 그녀는 어렵잖게 허공을 차고는 무승들 사이로 파고들었다.

"큭!"

범화는 침음을 토했다.

현월보다 약해 보이는 그녀를 먼저 제압하려 했는데, 이제 보니 그녀 또한 상당한 고수였다.

'지난번에 내 뒤를 잡았던 건 요행이 아니었단 말인가?'

그땐 그저 방심하여 당했다고만 생각했다.

당연히 같은 일은 두 번 일어나지 않으리라 확신했다.

그런데 이제 보니 그렇지 않았다.

"여자가 상대라 하여 방심하지 말라!"

범화가 소리쳤으나 좀 늦은 감이 있었다.

이미 그녀를 얕보는 이는 아무도 없었다.

현월 또한 재차 공세에 나섰다.

두 사람은 종횡무진 나한진 사이를 누비며 사방을 때리고 후려치고 베어 넘겼다.

전열이 붕괴되기 시작했다.

포위진이 사상누각인 양 흔들리고 있었다.

그대로 두었다가는 이내 혈로를 뚫고 달아나게 될 터.

응원군이 나타난 것은 그때였다.

파파팟!

푸른 귀화가 흑련을 덮쳤다.

보통의 강기와 달리 끈적하게 휘감겨 드는 청무(靑霧).

심상찮은 기운에 흑련은 급히 몸을 뺐다.

"……!"

살짝 닿았을 뿐인데 그녀의 단도가 퍼렇게 녹이 슬어 있었다.

그 짧은 시간 동안 산화시켜 버렸다는 뜻.

보통의 내공으로는 불가능한 일이었다.

"아!"

범화는 탄성을 뱉었다.

경탄과 안타까움이 반반씩 섞여 있는 목소리였다.

"사내(寺內)가 시끄러워 나왔더니 이런 일이 벌어지고 있구먼."

"어떻게 된 일인지 설명해 줄 아이는 없느냐?"

네 사람의 노승이었다.

하나같이 인자한 인상에 은은한 서기(瑞氣)를 발하고 있었다.

생불이 정녕 존재하는 거라면 이런 모습이지 않을까 싶을 정도.

하나 범화의 표정은 결코 반갑지 않았다.

"원로님들……."

"보아하니 저 두 시주는 보통의 손님은 아닌 듯하구먼. 안 그런가, 대나한 범화?"

범화는 갈등했다.

그러나 애초에 답은 정해져 있는 것이었다.

지금까지 실컷 싸우고 있었으면서, 이제 와서 아무 일 아니었노라 넘어갈 수야 없지 않겠는가.

"저들은 흑도의 무리입니다."

"흑도라?"

"여남에 세력을 둔 암월방의 무리입니다. 사내는 방주인 암제, 여자는 정체불명입니다."

"허허."

네 금강원로는 주름진 미소를 지었다.

역시 인자한 미소였으나, 현월은 그 너머에 숨겨진 진실을 볼 수 있었다.

'유설태의 번견들이다.'

회귀하기 전.

현월에 의해 죽음을 맞이했던 혜법과 달리 이들은 모두 초면이었다.

다시 말해 암제에 의해 죽을 일이 없었던 자들이란 뜻.

유설태의 끄나풀이거나, 최소한 상당히 긴밀한 관계임이 분명했다.

그리고 무엇보다도 상당한 고수들이었다.

'최소한 혜법과 동급이거나 약간 아래인가?'

개인으로서의 자질은 혜법이 위일 터이나, 네 사람이 협공한다면 혜법조차 백초를 버티지 못할 것이다.

그런 네 사람이 한꺼번에 나타났다.

그 때문일까.

붕괴되기 직전이던 나한진마저 안정을 되찾고 있었다.

[딴생각이나 할 때가 아니잖아요?]

흑련의 전음에 현월은 퍼뜩 정신을 차렸다.

그녀는 재차 무승들에게 쇄도하고 있었다.

단도를 내던지고서 권각만을 사용했다.

그것만으로도 무승들이 추풍낙엽처럼 쓰러졌다.

무엇보다 대단한 것은 경신술.

나한들의 반격은 그녀의 옷깃조차 스치지 못했다.

"제법이로구먼."

"성깔 있는 여시주일세."

허허 웃은 그들이 돌연 신형을 날렸다.

두 명은 흑련 쪽으로, 두 명은 현월 쪽으로 나누어 움직이는데, 그 속도가 보통이 아니었다.

휘릭!

바람이 부는가 싶더니 두 개의 주먹이 양어깨로 짓쳐 들었다.

현월은 급히 상체를 뒤로 구부려 권격을 피하는 동시에 그 반동으로 몸을 회전시켜 양발을 차 올렸다.

결과적으로 두 주먹과 현월의 양발이 충돌했다.

다음 순간 현월의 몸이 바닥에 처박혔다.

"⋯⋯!"

그저 권격이라고만 생각했는데 담고 있는 경력이 상당했다.

게다가 궤도까지 뻗는 것에서 내려치는 것으로 자연스레 변경되어, 현월은 망치질을 당하듯 땅에 박히고 말았다.

스윽!

이어서 발을 내려찍는 두 원로.

현월은 급히 바닥을 손으로 쳐내며 몸을 일으켰다.

원로들 쪽으로 돌진하며 자세를 낮췄다.

둘 사이의 틈으로 스쳐 지나가며 팔꿈치로 겨드랑이 아래를 가격했는데, 두 원로는 어렵잖게 반대편 팔로 막았다.

그러고는 그대로 현월을 붙들려고 했다.

잡히면 끝이라는 생각에 신형을 가속한 현월이 겨우 빠져나왔다.

'흑련은?'

그녀 역시 꽤나 열세에 몰려 있었다.

원로들의 실력도 실력이거니와, 그들의 연수합격은 실로 둘이 한 몸인 것처럼 자연스러웠다.

소림의 무승들은 기본적으로 나한진을 비롯한 각종 합격술부터 익힌다.

구파일방 중에서도 유일하게 다대다 전투를 중시 여기는 풍조 때문이었다.

이는 아마도 불가의 가르침과도 연관이 있을 터였다.

그렇기 때문일까.

한손에 손꼽히는 고수들조차도 몸에 밴 듯한 합격술을 자랑했다.

그 와중, 작달만 한 원로의 우장이 흑련의 복부를 강타했다.

"커흑!"

그녀가 붉은 핏덩이를 뱉었다.

내가중수.

일격으로 뱃속을 엉망으로 만들어놓은 게 분명했다.

그녀의 신형이 급격히 흐트러졌다.

흑련은 연달아 세 번의 공격을 더 당하고는 땅을 굴렀다.

가까스로 일어나는 동시에 거리를 벌렸다.

하지만 너무 벌리지는 못했다.

나한들이 진을 치고 기다리고 있었기 때문이다.

지켜보던 범화가 소리쳤다.

"진을 좁혀라!"

나한진이 삽시간에 본래의 절반에 가깝게 좁혀졌다.

수백 무승이 하나처럼 움직이는 모습은 그 자체로 위압
감을 자랑했다.

흑련은 입가를 슥 훔쳐 피를 닦아냈다.

두 원로를 겨우 떨쳐낸 현월이 그녀 곁으로 다가가 섰다.

"괜찮아?"

"뱃속이 엉망진창이에요."

"내상이 어느 정도인데?"

"심해요. 고절한 초식은 쓸 엄두도 낼 수 없을 만큼."

못해도 절반 이하로 전력이 감소됐다는 뜻.

상황 자체가 그녀에게 너무나 불리했다.

살수에겐 도무지 어울리지 않은 훤한 대낮의 탁 트인 개활지에서의 전투.

은신 자체가 거의 불가능한데 포위진에 갇힌 걸로 모자라 협공까지 당해 버렸다.

최고의 살수라는 그녀라 해도 타격을 입을 수밖에 없는 것이다.

'좋지 않다.'

현월은 미간을 찡그렸다.

흑련과 달리 그는 멀쩡했으나, 이래서는 그녀를 데리고 탈출하기는 불가능에 가까워 보였다.

숨을 고르던 흑련이 돌연 입을 열었다.

"먼저 가세요."

"…뭐?"

"저를 두고 가세요. 우물쭈물하다가는 둘 다 제압당하고 말 거예요."

현월은 이를 악물었다.

구겨진 그의 얼굴과 달리 흑련은 오히려 담담했다.

"저들도 저를 죽이려 들지는 않을 거예요. 심문을 해서 이것저것 알아내야 할 테니까요. 그 때문에라도 목숨은 보전할 수 있겠죠."

"하지만……."

"가세요. 가서 준비를 철저히 하고 돌아와요. 그다음에 저를 구해 주면 되잖아요?"

현월은 고개를 돌려 금강원로들을 노려봤다.

이윽고 그의 시선이 범화와 굉유를 연달아 스쳤다.

범화는 복잡한 심경을 표정에 드러내고 있었다.

금강원로들의 도움을 받았다는 것이 내심 불편한 모양이었다.

굉유 또한 그다지 좋아 보이는 얼굴은 아니었다.

그때 의외의 우군이 나타났다.

"이게 대체 무슨 일인가!"

혜법이었다.

그가 늦게나마 본당 밖으로 나온 것이었다.

기실 그는 현월의 말을 곱씹는 데에 정신을 쏟고 있었다.

생각을 너무나 깊이 한 나머지 바깥의 일마저 알아채지 못할 정도였고, 결국은 상황이 이렇게까지 흐른 뒤에야 모습을 드러낸 것이었다.

"방장……."

바위 같은 인상의 금강원로가 중얼거렸다.

기실 그를 비롯한 모두가 혜법에게 정신이 팔려 있는 상황이었다.

[지금! 가세요!]

흑련의 전음이 현월을 밀어붙이다시피 했다.

현월은 이를 악물고서 신형을 쏘았다.

콰아앙!

범람하는 물결과 같은 기세로 나아가 무승들을 그대로 돌파했다.

나한진을 뚫어버린 현월은 그대로 신형을 날려 멀어졌다.

흑련은 안도의 한숨을 내쉬었다.

현월이 달아난 것도 다행이었고, 뒤늦게나마 혜법이 나타난 것도 다행이었다.

"그렇게 좋아할 것 없다."

어느새 다가온 범화가 말했다.

"너를 기다리는 것이 향응은 아닐 테니까."

"……."

"정체를 보여라!"

범화가 그녀의 인피면구를 벗겨냈다.

창백한 흑련의 얼굴이 나타난 순간 무승들은 호흡을 낮췄다.

그만큼 그녀의 외모는 타인들의 시선을 끌기에 충분한

미색이었다.

혜법은 대략적인 상황을 이해할 수 있었다.

특히나 무승들 뒤편에 멍청히 서 있는 유백신을 보고 나
니 모든 게 명확해졌다.

금강원로들의 입가에 미소가 스치는 게 보였다.

"아무래도 이 일에 대해 말씀하실 게 많아 보입니다, 방
장."

8장

반격 시작

현월은 소림사를 빠져나왔다.

그러나 곧장 여남으로 돌아가진 않았다.

이대로 돌아갈 수는 없었다.

'흑련은······.'

당장은 무사할 것이다.

자신이 혜법을 제대로 본 게 확실하다면, 그는 흑련을 어느 정도 보호해 줄 것이 분명했다.

그러나 시간을 끌수록 상황은 악화될 터.

되도록 빨리 그녀를 구출해야 했다.

'하지만······.'

말처럼 쉬운 일은 아니다.

일이 벌어지고 얼마 지나지 않은 만큼 저들의 방비는 꽤나 견고할 터였다.

'혼자서는 힘들지도.'

제대로 된 무기라도 있다면 모른다.

하지만 지금 지닌 것은 팔다리뿐.

암천비류공이 권장지각에도 빼어난 힘을 발휘하기는 하나, 기본적으로는 검공과 연계될 때 최고의 위력을 발휘했다.

'일단은 밤이 될 때를 기다리자.'

조금이라도 전력을 상승시킨 후에 가야 할 터였다.

'그런 다음엔······.'

역시 혼자서는 버겁다. 내상을 입은 흑련은 제법 무거운 짐이 될 터였다.

'누군가가 안쪽에서 도움을 준다면 모르겠지만.'

당장 떠오르는 이는 혜법이었다.

그러나 그에게 도움을 청하기는 어려울 터였다.

소림 방장으로서의 입장 때문에라도.

잠시 고민을 한 현월은 한 사람이 더 있다는 사실을 떠올렸다.

'그 사내라면 어쩌면……?'

* * *

혹련은 소림 내부에 마련된 뇌옥에 갇혀 있었다.

내공을 억제한다는 특수한 옥석으로 만들어진 족쇄가 그녀의 두 발목을 깨물고 있었다.

두 손은 등 뒤로 모아져선 결박된 상황.

결과적으로 그녀는 한 걸음도 움직일 수 없는 상태였다.

게다가 하나하나의 굵기만 장정 팔뚝만 한 창살이 앞을 가로막고 있었다.

절세의 명검으로 후려치더라도 베어내기가 쉽지 않을 듯했다.

덜컹.

뇌옥의 문이 열리며 익숙한 자가 들어왔다.

대나한 범화였다.

"참회동(懺悔洞)에 갇힌 기분은 어떤가, 악도여?"

"손목이 뻐근해."

"살을 에는 그 고통 하나하나가 네가 저지른 죄의 값임을 떠올려라."

혹련은 혀를 살짝 내밀어 보였다.

"동아줄이 팔목을 파고들어서 아픈 거지, 내가 저지른 죄 때문에 아픈 게 아니야."

"그 고통은 네 업보로 인해 생긴 것이다."

"당신은 맨발로 걷다가 가시를 밟으면 내가 저지른 죄 때문이구나 하고 생각하나 봐? 보통은 그러지 않고 신발을 찾을걸."

그녀가 자신을 비웃는다는 것을 모를 범화가 아니었다.

그는 얼음장처럼 굳은 얼굴로 흑련을 노려봤다.

"흑도의 악녀답게 요사스러운 혀를 가지고 있구나."

"그렇게 유치한 표현으로 상대방을 매도하지 않고는 못 배기나 봐? 자기 빼고는 모두 나쁜 놈들이라 생각하는 건 아니겠지?"

"난 너와 말장난이나 하러 온 게 아니다."

범화는 새어나오려는 한숨을 간신히 참았다.

"너희 때문에, 방장님께선 곤란한 상황이 놓이고 말았다."

"우리 때문이 아니야."

흑련은 단호히 말했다.

"당신 때문이지, 대나한 범화."

"그 요사스러운 입을 조심하라, 악도여!"

"당신도 마음속으로는 느끼고 있을 텐데? 그래서 날 찾아온 것 아냐? 어떻게든 딴사람에게 죄를 떠넘기지 않고는 자기가 못 버틸 것 같으니까."

"뭐라고?"

"암제를 초대한 건 당신네 방장이지. 게다가 그는 암제의 정체를 알면서도 평화롭게 대화를 마쳤어. 그것만 봐도 그가 암제나 암월방에 호의를 갖고 있다는 것은 뻔한 사실이겠지?"

"그건 말도 안 되는……!"

"말도 안 되는 소리가 아니야. 당신은 그저 인정하지 못하겠다는 거잖아?"

흑련의 신랄한 말이 이어졌다.

"유백신이 소림을 방문한 건 예상 못한 일이었지만, 어쨌든 당신으로선 그냥 넘길 수도 있는 일이었어. 하지만 그러지 않고서 일을 키워 버렸지."

"이게 내 잘못이란 말이냐?"

"융통성 없고 꽉 막힌 게 자랑은 아니잖아?"

철컹!

범화가 창살을 붙들고 흔들었다.

이렇게 되고 나니 창살이 도리어 그녀를 지켜주는 꼴이었다.

"창살 열쇠는 안 가져왔나 보네. 불쌍해라."

"그 입 다물어라!"

"싫어. 그나저나 당신은 스님보다는 왕이 더 어울리겠는 걸. 숨 쉬고 재채기하는 것까지 일일이 명령하고 금지시키려 들 것 같은데, 폭군의 재능을 타고 났다고 볼 수도 있겠는걸."

범화는 가시를 씹은 호랑이처럼 으르렁거렸다.

이 계집, 조용한 줄 알았더니 의외로 수다스럽고 신랄했다.

"흥. 더는 네 수작에 넘어가지 않는다."

선언하듯 말한 범화가 조금 떨어진 자리로 가서는 주저 앉았다.

흑련은 물끄러미 그를 쳐다보다가 물었다.

"뭐하는 거야?"

범화는 대꾸하지 않았다.

흑련이 몇 차례 같은 질문을 했으나 요지부동이었다.

잠시 생각을 하던 흑련은 범화 쪽으로 침을 뱉었다.

어처구니가 없어진 범화가 소리쳤다.

"뭐하는 짓이냐!"

"내가 할 말이야. 남녀가 유별하다는데 중이라는 사람이 과년한 처녀랑 같은 방에서 뭐하려는 건데?"

"무, 무슨 헛소리를! 내가 대체 무엇 때문에 왔다고 생각하는 거냐!"

"그게 궁금해서 물었는데 무시했잖아. 말해주면 괴롭히지 않을게."

범화는 이를 뿌득 갈고는 답했다.

"놈, 암제를 기다릴 생각이다."

"그를? 여기서?"

"그래. 놈은 반드시 너를 구하러 나타날 것이다. 그러니 맞으려면 이곳이 제격이지."

"당신 혼자서 말이야?"

가당키나 하겠냐는 말이 생략되어 있는 물음이었다.

범화 또한 그 사실을 잘 알고 있었으나 애써 무시했다.

"나는 방장님을 존경한다. 하지만 이번만큼은, 그분의 선택이 잘못되었다고 본다."

"……."

"몇 번이고 진언을 드렸으나 소용이 없더군. 암제 놈이 멀쩡히 활보하는 한은 그분의 마음을 돌릴 길은 없겠지. 그렇다면 남은 길은 하나뿐이다."

암제를 처치한다.

범화의 단호한 태도에 흑련은 한숨을 쉬었다.

"소림 방장이 불쌍해."

"뭐라고?"

"그렇잖아? 당신은 방장이 자신의 말을 듣지 않는다고 생각하지만, 거꾸로 당신이 그의 말을 억지로 무시해 왔다고는 생각하지 않아?"

범화가 이맛살을 구겼다.

"말도 안 되는 소리!"

"그럼 묻겠어. 왜 암제가 악하다는 거지?"

"놈은 여남의 암흑가를 장악했다! 수많은 생명의 목숨을 빼앗았으며 공포로써 여남을 지배하고 있다."

"그리고 아편굴을 모조리 없애 여남을 마약에서 해방시켰지. 여자를 사고파는 포주들을 제거했고, 평민들의 고혈을 쥐어짜내는 고리대금업자들을 파멸시켰지. 중구난방으로 존재하여 서로 치고받기만 해대는 흑도 방파들을 궤멸시켜 흡수하기까지 했어. 그 덕에 현재 여남의 치안은 하남성의 그 어떤 도시보다도 안정적이야."

범화의 얼굴이 한층 구겨졌다.

"그런 말도 안 되는……!"

"못 믿겠으면 여남의 태수를 찾아가 봐도 좋아. 아마 그는 자기 공으로 돌리려 할 테지만."

"……."

"당신은 그의 과만 보려 하지만, 그에게도 공은 있어."

"그래 봐야 놈은 살인자다!"

"거의 대부분의 무림인이 그렇지. 그럼 암제와 같은 혐의로 무림맹주와 고위 인사들 모두를 쳐 없앨 생각이야?"

"나는……."

범화는 선불리 대답하지 못했다.

그녀의 말이 어느 정도 옳다는 것은 그도 알고 있었다.

하지만 그걸 인정하는 순간, 지금까지의 자신의 행동이 모조리 부정당할 것만 같았다.

그리고 그는 그 사실을 죽는 날까지 잊지 못할 것이다.

사람은 망각을 한다.

오랜 시간을 공들여 줄줄이 외운 구절도, 역시나 오랜 기간 떠올리지 않으면 잊어버리기 십상이다.

마치 무너지는 모래성처럼.

그러나 범화는 달랐다.

그는 영능 무원인지(武元認知)의 소유자.

한 번 머릿속에 들어온 것은 죽는 날까지 잊지 않는다.

그 어떤 치욕과 악몽이라 해도 말이다.

그가 흑도의 무리를 무차별적으로 증오하게 된 것은 어찌 보면 당연했다.

그들의 악행, 그것을 한 번 알게 되는 순간 그는 평생 잊지 못하게 될 것이기에.

범화가 불도에 귀의한 데는 그런 이유도 컸다.

되도록 인세의 고된 풍파와 접점을 갖지 않는다면, 자신을 괴롭히는 기억을 만들 일도 없으리라 생각했다.

하지만 그렇지가 않았다.

탈속을 했음에도, 인간이 존재하는 곳엔 여전히 갈등이 있고 충돌이 있었다.

이번 일 또한 같은 맥락이었다.

처음엔 흑도인인 암제에 대한 단순한 악감정에서 일이 시작됐다.

그러나 암제에게 패배하고 난 후엔, 그의 정체나 본모습이 어떠한가는 중요치 않게 되었다.

중요한 것은 자신이 굴욕을 당했다는 사실뿐.

그 기억이 평생을 따라다니리란 사실뿐이었다.

"너는 아무것도 모른다!"

범화가 돌연 지풍을 날렸다. 흑련의 수혈을 짚어버리는 일수였다.

"⋯⋯!"

흑련이 흠칫했으나, 그녀로선 고개를 젓는 것이 저항의 전부였다.

내공마저 봉쇄당하고 신체마저 부자연스럽다 보니 피할 수도 없었다.

수혈을 짚인 흑련이 그대로 정신을 잃었다.

범화는 몸을 부르르 떨며 그녀를 노려봤다.

거센 운동을 한 것도 아닌데 호흡이 절로 가빠졌다.

그대로 정좌하고서 명상에 잠겼다.

자신을 무의식 저편으로 가라앉히고 조금 전의 대화를 완전히 잊기 위함이었다.

그러나 늘 그래 왔듯이, 기억은 여전히 생생했다.

*　　*　　*

"후우."

굉유는 어둑어둑한 하늘을 바라보며 한숨을 토했다.

그는 법당의 지붕에 걸터앉아 있었다.

천 년 역사를 자랑하는 사찰에 대한 경외라고는 조금도 없는 태도.

범화나 다른 이들이 본다면 경을 치려 들 모습이었다.

평소라면 그 때문에라도 올라가지 않았을 테지만, 오늘은 예외였다.

그는 답답했다.

왜 그런지는 정확히 표현하기 힘들었다.

다만 그것이 낮에 벌어진 사태 때문임은 확실했다.

현월과 흑련을 공격한 소림의 나한들.

때마침 등장한 금강원로들.

그 모든 상황이 너무나 찝찝했다.

특히나 금강원로들의 등장이나 반응은 뭔가 작위적이었다.

마치 미리 준비하기라도 한 것처럼.

혜법마저 인정한 그의 눈썰미가, 이번 일은 시작부터 잘못되었다고 말하고 있었다.

그 자신조차 알지 못하는 사실이었지만, 심안을 지닌 그였기에 별다른 정보 없이도 상황의 문제점을 인식하고 있는 것이었다.

다만 그것을 종합하고 논지로 발전시킬 정도의 지식이 굉유에겐 없었다.

때문에 그저 찝찝함만 느낄 뿐.

왜 잘못된 것이냐 설명하라 한다면 한마디도 못하고 버벅댈 터였다.

"후우, 모르겠구만."

굉유는 생각하기를 포기했다.

그러고 나니 괜히 오줌이 마려워졌다.

그는 사찰의 담을 훌쩍 넘었다.

그냥 바깥의 나무에다 휘갈길 생각이었다.

조금만 걸으면 해우소가 있었으나 거기까지 가는 것 자

체가 귀찮았다.

봇물 터지듯 오줌 줄기가 철철 흘렀다.

굉유 스스로도 놀랄 만큼의 양.

고민하느라 머리 굴리는 동안 꽤나 쌓였던 듯했다.

시원하게 볼일을 보고는 돌아서려 할 때였다.

별안간 어둠속에서 무언가가 솟구쳤다.

"뭣……!"

굉유는 기겁했다.

동시에 반사적으로 권격을 뻗어 반격하려 했으나, 정체 불명의 신형은 너무나 간단히 피하고는 그의 팔을 휘감았다.

그리고 그대로 뒤집어엎었다.

휙!

굉유의 거구가 허공을 한 바퀴 돌았다.

그러고는 무서운 기세로 땅에 처박혔는데, 순간 눈앞이 노래질 정도의 격통이 엄습했다.

"억……!"

숨통이 순간 밟히는 느낌.

습격자는 굉유의 목을 지그시 밟은 채 내려다보고 있었다.

만약 발끝에다 천근추의 묘리를 실어버린다면 그대로 목

을 분질러 버릴 터.

그래서야 굉유 같은 거한이라 해도 속절없다.

'방장님을 능가하는 고수라니!'

굉유는 어처구니없었다.

심안을 지닌 그는 사람들의 무공 수위를 정확하게 파악할 수 있었다.

그 영능 덕분에 흑도무림인 시절엔 죽음의 위기를 여러 차례 넘길 수 있었다.

그리고 지금.

그는 확신할 수 있었다.

습격자의 무위가 금강원로들은 물론이요, 혜법마저 능가한다는 것을.

"……!"

습격자의 얼굴을 확인한 그가 재차 놀랐다.

"너, 너는!"

"오랜만이군. 반나절밖에 지나지 않았지만."

현월의 어조는 무덤덤했다.

"어, 어떻게……!"

굉유는 믿을 수 없었다.

한 차례 현월과 손을 섞어본 그는 현월의 무위 또한 잘 알고 있었다.

분명 대단한 고수이기는 하나 혜법에게는 못 미치는 수준.

기껏해야 금강원로 한 명에 필적할 터였다.

한데 지금의 현월은 달랐다.

마치 그동안 진짜 실력을 숨겨 오기라도 한 듯, 너무나 간단히 굉유를 제압해 버린 것이었다.

그렇다면 또 의문이 꼬리를 물 수밖에 없었다.

애초에 이 정도 무위를 지녔다면 그리 허무하게 도망칠 이유도 없었을 테니까.

그 모든 혼란이 굉유의 눈동자에 담겨 있었다.

현월은 그 사실을 읽어낼 수 있었지만, 그의 의문에 대답해 줄 생각은 없었다.

지금 중요한 것은 자신의 용무뿐이었기에.

"네가 고민하고 있다는 건 알고 있다. 네게 있어 혜법 대사는 어버이 같은 존재일 테지?"

"무슨 말을 하고 싶은 것이냐?"

"난 혜법 대사와 약조를 했다. 공통의 적을 상대로 힘을 합치기로."

미묘한 설명이었다.

기실 혜법은 아직 현월의 제의를 받지도 못한 상황이었으니 말이다.

하지만 현월이 회귀했다는 게 진실로 밝혀진다면 분명 힘을 합치려 할 터.

그렇기에 현월의 말은 반은 맞고 반은 틀렸다고 볼 수 있었다.

때문에 심안을 지닌 굉유로서는 그저 혼란스러울 따름이었다.

"정말 큰스님께서 네 녀석과 손을 잡기로 하셨단 말이냐?"

"아까도 봤을 텐데? 내 수하가 어떻게 되었는지 말이야."

흑련은 무공이 봉해진 채 뇌옥에 투옥됐다.

스무 명가량의 사상자를 냈음을 생각한다면 너무나 느슨한 처벌이었다.

거기에 혜법의 입김이 강하게 작용했음은 부정할 수 없는 사실.

굉유의 고민이 깊어졌다.

"으으음."

"보아하니 그 네 명의 늙은 중이 너희 방장과 대립하는 것 같던데, 이번 일로 혜장 대사의 입지는 한층 좁아지게 될 거다. 이대로 가만히 있다가는 말이지."

"……."

"어쩌면 방장 자리에서 쫓겨나게 될지도 모르지. 그렇게

되면 너 역시 괴로워질 텐데?'

그것 자체는 굉유에게 큰 문제가 되지 않았다.

어차피 지금도 차별당하고 따돌림당하는 것은 마찬가지였기 때문이다.

하지만 이 망할 놈의 절 안에서 유일하게 훌륭한 인물이라 할 수 있는 혜법이, 얼토당토않은 일로 축출당하는 것은 참을 수 없었다.

"젠장!"

굉유는 신경질을 냈다.

"하지만 네놈이 뭘 할 수 있다는 말이냐? 금강원의 노인네들을 죽이기라도 할 거냐? 그랬다간 역풍을 맞게 될 거란 건 머리 나쁜 나도 아는데?"

"죽이지 않는다. 제압한 후에 처벌을 혜법 대사에게 맡기면 그만이다."

"대체 무슨 죄목으로 처벌한다는 말이냐?"

"혈교와의 내통."

"뭐야?"

굉유가 눈을 둥그렇게 떴다. 갑작스레 혈교라니?

"그게 아니라면, 불제자의 신분으로 혈교의 사공을 익힌 것을 죄목 삼으면 되겠군."

"사공이라도? 원로들이 사공을 익혔단 말이냐?"

"그래. 깊이 갈무리해 둔 까닭에 알아채기가 쉽지는 않지만."

현월은 느낄 수 있었다.

앞서 공방을 나누었을 때, 그들의 무공에 섞여 있던 기묘한 이질감을.

그건 결코 순수 정파 무공의 기운이 아니었다.

예민한 기감을 지닌 이가 아니고서는 결코 알아낼 수 없을 이질감.

하나 현월은 확신할 수 있었다.

그것이 사공의 흔적이란 것을.

"만약 네놈 말이 사실이라면……!"

굉유의 눈이 번뜩였다.

"그자들도 나와 비슷한 경우란 말이냐?"

"더 안 좋은 거지. 넌 흑도를 버리고 불가에 귀의한 거지만, 놈들은 불제자의 몸으로서 흑도의 사공에 손을 댄 것이니까."

"으음."

"내가 할 말은 다했다. 남은 것은 네 선택뿐이야."

굉유는 잠시 침묵하다가 물었다.

"내게 뭘 바라는 거냐?"

"간단해. 그녀가 잡혀 있는 장소로 날 안내한 후, 사찰 내에서 시선을 좀 끌어줬으면 한다."

"시선을 끌라고? 어떻게 말이냐?"

"건물에 불이라도 붙여."

보통의 승려라면 아연실색을 할 답변이었다.

어찌 감히 그런 극악무도한 말을 내뱉을 수 있단 말인가?

그리고 광유는 보통의 승려가 결코 아니었다.

"나쁘지 않군. 하여간 그렇게만 하면 네놈이 알아서 다 처리할 거란 말이지?"

"그래."

"만약… 내가 그 제안을 거절한다면?"

현월은 차갑게 웃었다.

"그대로 밟아버린다."

"…그럴 줄 알았다. 악귀 같은 놈."

투덜거리는 광유였으나, 표정은 그다지 어둡지만은 않았다.

"그래서, 언제 시작할 생각이더냐?"

9장

뇌옥 돌파

어둑어둑한 본당 내의 회의실.

호롱불 하나에만 빛을 의지하고 있는 그곳의 전경은 을 씨년스러웠다.

네 사람의 금강원로는 혜법의 앞에 대치하듯 앉아 있었 다.

그들이 내뿜는 날카로운 안광이 혜법의 몸을 베어낼 것 만 같았다.

어찌 보면 살기라도 담겨 있는 게 아닌가 싶을 지경이었 다.

하나 혜법은 그저 담담히 받아넘기고 있을 따름이었다.

그가 지닌 내공의 정순함과 심신의 탄탄함이 돋보이는 상황이었다.

"무슨 변명이라도 하셔야 한다고 봅니다만."

금강원로 중 하나가 입을 열었다.

혜법은 담담한 어조로 대꾸했다.

"어떠한 대답을 원하시오?"

"정녕 그 흑도의 사생아와 손을 잡고자 하신 것이오? 놈의 정체를 알고도 그냥 보내려 하셨소?"

내내 부드럽던 혜법의 눈빛이 처음으로 예기를 띠었다.

"네 분께서는 이미 답을 정해 두신 듯하구려. 이미 빈승은 암제와 한통속이다, 그리 생각하고 계신 것이 아니외까?"

"너무 비약이 심하구려, 방장."

"그렇다면 지금 이 피부를 찌르는 살기의 근간은 무엇이란 말이오?"

네 금강원로가 순간 흠칫했다.

나름 숨기겠다고 숨긴 것인데, 혜법은 귀신같이 알아챈 듯싶었다.

"흠흠."

"아무래도 우리가 조금 흥분했었나 보오."

"어쨌든 대답을 회피할 생각은 마시오, 방장."

혜법은 굳은 어조로 대꾸했다.

"그에게서 한 가지 제안을 받은 것은 사실이오. 그 내용에 관심이 간 것 역시 사실이고."

"허……!"

"지금 그 얘기를 진심으로 하시는 게요?"

"개탄할 일이로군. 소림의 의기는 땅에 떨어진 것인가?"

금강원로들이 번갈아 탄식을 토했다.

아쉬움의 탄식이라고는 하나, 실제로는 혜법을 비방하고 비웃기 위한 것이었다.

"구세를 위해서라면 정(正)도 사(邪)도 포용할 줄 알아야 한다고 생각하오만."

"정녕 그것이 제정신으로 하는 말이오?"

"방장께서는 군사의 말씀을 벌써 잊으셨소?"

혜법의 미간에 골이 패였다.

"무림맹 군사는 외부인에 지나지 않소. 그가 소림의 방침에 이래라 저래라 할 권리는 없소이다."

"소림 또한 무림맹의 일원이오! 당연히 군사의 말씀을 중히 여겨야 않겠소?"

"군사께선 암제를 제거하라 하셨소. 그 말을 거역하고도 모자라 놈과 손을 잡는 것이 무엇을 의미하는지 알고는 있는 게요?"

물론 그것을 모를 혜법이 결코 아니었다.

그는 바위 같은 어조로 대답했다.

"무림맹에 대한 반역… 일 테지."

"알고는 계시는구려."

"그러면서도 놈과의 협동을 고집하다니, 방장께선 정녕 반역을 꿈꾸시는 게요?"

"그럴 리가 있겠소? 네 원로야말로 한 가지 사실을 간과하고 계시는군."

금강원로들의 얼굴에 균열이 생겼다.

"우리가……."

"간과하는 게 있다고?"

"그렇소. 그 사실은 실로 단순하고도 간단하다오."

잠시 뜸을 들인 혜법이 내쳐 말했다.

"앞서 언급한 군사의 요구 사항들은, 그가 진정 무림맹의 군사일 때 유효하다는 것."

"그게 대관절… 무슨 소리요?"

"유설태, 그가 군사가 아니기라도 하다는 뜻이오?"

"물론 그는 엄연한 천무맹의 총군사요. 하지만 만약 우리가 알고 있는 것 이외의 신분을 가지고 있다면 문제가 될 수도 있지."

원로들의 얼굴이 부르르 떨렸다.

그들의 얼굴 위로 당혹감과 경악, 분노와 공포가 번갈아 나타났다.

비밀이 들통 난 자의 얼굴이었다.

"대, 대체 무슨 말을 하는 건지……."

"자꾸 말도 안 되는 소리만 하시는구려, 방장."

"유설태 그자가 혈교도라도 된다는 소리요?"

마지막으로 말을 꺼냈던 원로가 황급히 입을 다물었다.

나머지 세 장로가 살기 어린 시선으로 그를 노려보았다.

"너무 비약하지는 마시구려. 빈승이 한 말은 추측에 지나지 않다오. 유설태가 혈교도일 거란 생각 또한 마찬가지라오."

"……."

"어쨌든 이 이야기는 한숨 자고 난 후에 생각합시다. 내일로 미루더라도 큰 문제는 없으리라 보오만."

원로들로서는 듣던 중 반가운 소리였다. 그들은 이내 몸을 일으켰다.

"방장의 말씀이 그러하시다면……."

"이 일은 신중히 논의하는 것이 좋겠소이다."

"내일 다시 얘기합시다, 방장."

원로들의 말에 혜법은 빙그레 웃기만 할 따름이었다.

그 미소가 참으로 해맑은지라, 원로들은 일순 발가벗겨진 기분이었다.

쫓겨나듯 회의장을 빠져나온 그들이 걸음을 재촉했다.

전음을 엿들을 수 있는 자가 있다면, 어지러울 정도로 쏟아지는 이야기에 갈피를 잡지 못할 터였다.

[놈이 우리에 대해 알아낸 것인가?]

[그럴 리가! 혜법 앞에선 한 번도 사공을 펼친 적이 없지 않나!]

[어쩌면 우리의 의중을 떠 보려는 속셈인지도 모른다. 그 능구렁이 같은 늙은이라면 능히 그럴 만도 하지.]

[어쨌든 그냥 내버려 둬서 좋을 것은 없어 보이는데.]

그들은 잠시 걸음을 멈추고 서로를 돌아봤다.

[해치울까?]

[쇠뿔도 단김에 빼랬는데…….]

[지금이라면 암제 놈에게 혐의를 뒤집어씌울 수도 있다.]

[나쁘지 않군. 놈에게 혜법이 살해당한다면 그 복수를 내세워 놈과 암월방 모두를 일망타진할 수 있다.]

[눈엣가시 같은 늙은이도 사라지고 말이지?]

원로들의 눈에 살기가 스쳤다.

[일단은 방에 모여서 계획을 세워보자.]

　　　　*　　　*　　　*

　"지금."

　현월의 대답은 간결했다. 굉유는 두 눈을 멍하니 껌뻑였
다.

　"지금? 지금 바로 말이냐?"

　"그래."

　현월은 굉유의 목을 짓누르던 발을 치웠다.

　굉유는 몸을 일으키고는 내심 안도의 한숨을 뱉었다.

　정말 죽었다 살아난 기분이었다.

　"네놈, 원래 실력을 숨기고 있었던 것이냐?"

　"비슷해."

　현월은 담 너머 소림사 안쪽으로 기감을 퍼트렸다.

　다행히 주변에 인기척은 존재하지 않았다.

　그는 굉유를 돌아봤다.

　"혹시 검이나 날붙이를 구할 방법은 없어?"

　"검이라고?"

　"그래. 내 생각에도 바보 같은 질문이긴 하지만."

　세상에 칼 휘두르는 중이 있다는 얘기는 들어본 기억이
없었다.

　그리고 그건 정파무림의 상징인 소림사라 해도 마찬가지

였다.

한데 대답을 하려는 굉유의 표정이 애매했다.

현월은 그 이유를 간파했다.

"검이 있나 보군?"

"그래. 내가 한창 막 살던 시절에 쓰던 게 방에 있을 거다."

"탐랑이라 불리던 시절에 말이지?'

굉유가 이맛살을 찌푸렸다.

"그렇게 부르지 마라."

"그러지. 어쨌든 지금 가져와 줄 수 있을까?"

"알겠다. 여기서 기다려라."

"그래."

현월은 별다른 반응 없이 고개를 끄덕였다.

굉유는 곧장 담을 넘었다.

그러고는 자신의 숙소를 향해 걸음을 재촉했다.

'제기랄!'

머릿속에 연신 욕설만 떠올랐다.

어떻게 행동해야 할지 알 수가 없었다.

이런 경우, 그는 대부분 자신의 본능에 따라 움직였다.

아니다 싶으면 이유를 불문하고 건드리지 않았고, 그렇다 싶으면 남들이 뭐라 하건 밀어붙였다.

이는 그가 심안을 지녔기에 가능한 일이었다.

타인의 거짓과 그름을 꿰뚫어 보는 능력을 본능적으로 지녔기에.

한데 놈 앞에선 통하지 않았다.

'이상한 놈!'

굉유는 현월을 믿어야 할지 확신할 수 없었다.

그렇다고 그를 적으로 돌린다는 것도 내키지 않았다.

적으로 돌린다면 해야 할 일은 간단하다.

당장 대나한들에게로 달려가 놈의 위치를 말해주면 그만이다.

아무리 대단한 놈이라 한들 소림의 수백 무승을 당해내진 못할 터였다.

'하지만……'

자신이 그렇게 할 수도 있다는 걸 알 텐데도 현월은 거리낌 없이 놓아주었다.

"젠장!"

굉유는 방문을 열어젖혔다.

벽에 걸린 장검을 낚아채고는 돌아온 길을 내달렸다.

이젠 그저 될 대로 되라는 심정이었다.

"큰스님을 위해서다. 큰스님을 위해서!"

굉유는 큰 소리로 중얼거렸다.

그렇게라도 하지 않고는 긴장감이 누그러지지 않을 것 같았다.

그는 지금 소림을 상대로 사고를 치기 직전이었던 것이다.

그렇게 내달리는데 순간 바람이 불었다.

바람은 꿩유의 손아귀에서 검을 낚아갔다.

"엇!"

"나야."

현월이었다.

문자 그대로 어둠에 스며든 채 다가와서는 검을 채간 것이었다.

"제법 좋은 검이군."

"뽑아 보지도 않고 품평하는 거냐?"

"검병만 잡아 봐도 알 수 있어. 무게 중심만 잘 잡혀 있어도 최소한 수작은 되니까."

"뭐야……?"

꿩유는 언젠가 흘려들었던 이야기를 떠올렸다.

수십 년간 검로 하나만을 걸어온 이들은 그저 잡아보는 것만으로도 검의 품질을 알 수 있다던가.

'하지만 이 녀석은 기껏해야 약관을 갓 넘겼을 텐데?'

생각하자니 어처구니가 없었다.

그래도 뭐라 할 말이 없기에 잠자코 있는 굉유였다.

"그녀는 어디에 있지?"

"저쪽 방향, 이백 장쯤 달려가면 뇌옥이 나올 거다."

그 사이를 지키는 무승만 백 명이 넘는다.

하나같이 대나한 범화가 직접 고르고 고른 정예다.

그 설명이 입속을 맴돌았으나 바깥으로 꺼내지지는 않았다.

왠지 말하지 않아도, 이 녀석은 알 거란 느낌이 들었다.

과연 현월은 자질구레한 사항에 대해선 아무것도 묻지 않았다.

"알겠다. 너는 가서 시선이나 잘 끌어보라고."

"으음."

현월은 할 말만 내뱉고는 그대로 몸을 날렸다.

달려가는 뒷모습이 흐릿해지나 싶더니 이내 어둠에 묻혀 사라졌다.

굉유는 마른침을 꿀꺽 삼켰다.

"정말 불이라도 질러야 하나?"

*　　　*　　　*

현월은 그대로 내달렸다.

그가 있던 자리와 뇌옥까지는 직선거리로 이백여 장.

하지만 건물과 나무, 석상 등의 배치로 인해 실질적인 거리는 그 배가 넘었다.

게다가 그 사이사이를 무승들이 지키고 있었다.

굉유가 미처 설명하지 않은 부분이었지만, 어차피 현월도 알고 있었기에 별 문제는 아니었다.

경비는 삼엄했다.

만약을 대비한 듯 지붕 위에까지 무승들이 배치되어 있었다.

아무리 어둠에 녹아드는 현월의 잠행술이라도, 들키지 않고 지나가는 것은 어려워 보였다.

'그렇다면.'

답은 뻔한 것. 뚫고 지나갈 뿐이었다.

팟!

가장 가까이 있는 무승들을 향해 몸을 던졌다.

동시에 무릎을 전방으로 내밀었다.

파각!

큼지막한 거구의 나한이 콧등이 깨져 나갔다.

악 하는 외마디 비명이 울리는 찰나.

현월의 신형은 근처에 있던 다섯 무승을 연달아 격타하고 있었다.

"적이다!"

소음이 거의 나지 않았는데도 멀지 않은 곳에서 고함이
터져 나왔다.

아마도 코뼈 깨진 무승의 비명 소리를 들은 모양이었다.

화륵! 화르륵!

곳곳에서 횃불이 밝혀졌다.

암천비류공에 대한 대비책이라기보다는 그저 시야를 넓
히려고 밝힌 것일 테지만, 결과적으로 현월의 무위가 약간
은 감소됐다.

'상관은 없지만.'

횃불의 존재는 현월에게도 결코 나쁜 게 아니었다.

어쨌든 불이라는 건 어떤 식으로든 써먹을 수 있게 마련
이었으니까.

"타앗!"

장저를 들고 달려드는 무승.

그대로 몸을 흘리며 오금을 차 고꾸라트리고는, 반대편
손에 들린 횃불을 빼앗았다.

고민할 것도 없이 바로 옆 건물 안쪽에다 집어던졌다.

자그만 횃불 하나만으로는 불이 금세 퍼지지 않을 것이
기에, 내공을 발해 화염을 솟구치게 만들었다.

화르륵!

창을 통해 매캐한 연기가 뿜어져 나오기 시작했다.

무승들은 갑작스런 화재에 당황했다.

"뭐, 뭐야!"

"불을 꺼라!"

그때 제법 멀리 떨어진 곳에서도 불길이 일었다.

굉유가 수를 쓴 모양.

현월은 다른 무승들의 손에 들린 횃불도 빼앗아서는 사방의 건물에다 던졌다.

화르륵! 화륵!

혼란이 불길을 타고서 가속화됐다.

무승들로서도 설마 이렇게까지 막 나가리라 생각하진 않았을 것이다.

"이 악귀!"

현월을 발견한 나한들이 달려들었다.

척 봐도 하나하나가 굉유에게 크게 뒤지지 않을 실력자들이었다.

하나 지금은 어둠이 내린 밤.

드높이 치솟은 채 넘실거리는 불길은 그만큼 거대한 그림자를 만들어냈다.

그 안으로 들어서는 순간 현월은 그야말로 한줄기 돌풍이었다.

퍼퍼퍽!

무형권의 권강이 나한들을 강타했다.

각기 턱과 인중 등을 노린 타격.

한 대만 제대로 꽂혀도 다리에 힘이 풀려 비틀거리다가 널브러진다.

현월은 어렵잖게 무승들을 제압하고는 내달렸다.

이내 뇌옥이 나타났다.

척 보니 굳게 잠겨진 강철문이 보였다.

주저할 것 없이 검을 뽑아 들었다.

이윽고 나선형으로 몰려든 암천강기가 검극 위에 뭉쳤다.

쾅!

그대로 강철문을 뚫고 들어갔다.

강철문 한가운데에 구멍이 뻥 뚫렸고, 그 주변은 마치 용광로의 쇳물을 들이부은 듯 녹아내렸다.

현월은 지체 없이 계단을 내려갔다.

마침 쓰러져 있는 흑련의 모습이 보였다.

그리고 그 좌측.

자신에게 쇄도해 오는 범화의 신형 또한.

"카앗!"

범화의 기합성은 숫제 짐승의 포효였다.

항마만궁권(抗魔萬宮拳)의 절초.

수십 갈래의 투로를 점하고 들어오는 권격은 빠르고 매서웠다.

하지만 현월은 속도를 도리어 올렸다.

'대낮이었다면 물러나거나 방어해야 했겠지만.'

지금은 다르다.

현월은 자세를 한껏 낮추었다.

거의 엎드리다시피 한 형국이었으나, 그럼에도 신형의 속도는 눈으로 쫓기 힘들 정도였다.

쐐액!

두 사람의 신형이 일순 겹쳤다가 떨어졌다.

"큭!"

범화는 이를 악물었다.

수십 개의 투로, 권격의 그물을 펼쳐놓았거늘 손끝에 닿는 감촉은 공기를 찢는 느낌뿐이었다.

현월은 내달리는 속도를 그대로 더해 철창을 갈랐다.

무게만도 수백 관은 됨직한 철창살이 수십 조각으로 잘려 나갔다.

일격에 수십 개의 검로를 담는 수법.

조금 전 범화가 펼친 항마만궁권과 같은 개념이었다.

그러나 그 방식의 세련됨을 따지자면 한 수 위.

현월은 연달아 검격을 떨쳤다.

어둠 속에서 불꽃이 한차례 튈 때마다 흑련을 구속하던 족쇄가 끊어져 나갔다.

투투툭.

마지막으로 동아줄을 잘라낸 현월이 흑련의 상태를 살폈다.

'외상은 없다.'

복부의 내상이 남아 있긴 했다.

앞서 금강원로에게 당한 것일 터.

그 외에 수혈을 짚이긴 했으나 별 문제는 아니었다.

현월은 그녀의 점혈을 풀어주었다.

흑련은 이내 정신을 차리고는 눈을 깜빡거렸다.

"지금 시간이 어떻게 되죠?"

"술시(戌時) 끝자락. 해가 진 지 얼마 되지 않았어."

"제가 잡힌 날이랑 같은 날이에요?"

"그래."

"금방 오셨군요. 그래도 준비 좀 한 다음에 올 줄 알았는데."

흑련은 엉덩이와 허벅지를 탁탁 털며 일어났다.

조금 전까지 구속된 채 뇌옥에 갇혀 있었던 사람이라고는 생각하기 어려운 여유로움.

꼭 낮잠 한숨 질펀하게 자고 일어난 모양새였다.

범화를 발견한 그녀가 피식 웃었다.

"아직도 있었네, 저 스님."

범화는 경악한 얼굴이었다.

항마만궁권을 흘려내고 지나간 것만으로도 기겁을 할 일인데, 힘 들이지 않은 검격으로 강철을 끊어내는 모습은 한층 경악스러웠다.

현월은 그를 똑바로 바라봤다.

"아직도 날 가로막을 생각인가?"

"네놈⋯⋯!"

"시도하는 걸 만류할 생각은 없다. 선택이야 네 자유니까. 하지만 이번에는 정말 목숨을 걸어야 할걸."

"죽음 따위는 두렵지 않다!"

"하지만 네가 지켜야 할 것들을 지키지 못하게 되는 것은 두렵겠지. 죽으면 그 모든 것을 버리고 떠나야 한다."

범화는 이를 악물었다.

"왜 내게 자비를 베푸는 거지?"

"솔직하게 말하길 바라나?"

범화는 혜법이 아끼는 승려 중 하나였다.

그런 그를 베어 넘긴다면 차후 혜법과 협력함에 있어 문제가 생길 터.

현월이 그를 죽이기 꺼리는 이유는 오로지 그것뿐이었다.

하지만 너무 냉정한 얘기였기에 굳이 입 밖으로 꺼내고 싶진 않았다.

어차피 말하지 않더라도, 범화쯤 되는 눈치라면 이미 알아챘을 것이기도 했다.

'방장님 때문이로구나.'

범화는 맥이 탁 풀렸다.

자신이 현월의 상대가 되지 않는다는 건 조금 전의 일합을 통해 여실히 깨달았다.

죽이고자 마음먹고 펼친 살초를 너무나 간단히 흘려냈다.

압도적인 무위 격차가 없인 불가능한 일이다.

'이게 놈의 본 실력인가?'

지난번의 대결에서는 왜 보이지 않은 것인지 이해가 안 됐다.

어쨌든 이번 대결은 범화의 열패(劣敗)임이 분명했다.

범화는 어깨를 늘어트렸다.

"가시오. 하지만 일이 이렇게까지 되어버렸으니, 무슨 수를 써도 소림과 공존할 수는 없을 거요."

"뭐, 어떻게든 해봐야지."

현월은 짤막히 말하고는 뇌옥 밖으로 몸을 날렸다.

흑련 또한 힐끔 범화를 일별하고는 현월을 따랐다

"방장님의 뜻을 잘 생각해 보셔."

그녀가 흘리듯 남긴 말이 공동 안에 메아리쳤다.

10장

복수전

화르륵! 타탁!

바깥은 불길로 인해 온통 주황빛이었다.

그렇다고 불바다라 할 만큼 불길이 퍼져 있는 것은 아니었다.

실제로 타오르는 건물은 두어 채에 불과했다.

다만 그 규모가 좀 큰 편이어서 그렇지.

"이거, 현월 님이 지른 거예요?"

"응."

"…소림이랑은 완전히 척 지기로 했나 보죠?"

"그럴 리가 있겠어?"

"하지만 이렇게 되어서는 소림이 암월방과 손을 잡을 일은 없을 것 같은데요."

"그건 당연한 거지."

흑련이 물끄러미 현월을 바라봤다.

설명을 요구하는 눈길이었다.

"애초에 정파 정종인 소림이 흑도 방파인 암월방과 협력한다는 게 가당키나 한 일이야? 해가 서쪽에서 뜨더라도 불가능한 일일걸."

"그러면……?"

"백도무림과 흑도무림은 애초부터 배치될 수밖에 없어. 소림과 암월방의 관계도 마찬가지지. 난 처음부터 방장 한 사람만을 설득할 생각이었어."

"아."

흑련은 이제 좀 알 것 같았다.

"겉으로는 여전히 으르렁거리는 사이이면서, 뒤에서는 콩깍지를 까겠다는 거군요."

현검문과 암월방의 관계와 비슷하다고 할 수 있었다.

물론 이쪽이야 양쪽 모두 현월이 속해 있기에 그런 것이었지만.

소림은 앞으로도 암월방과는 척을 질 것이다.

표면적으로는 암월방을 비난하고, 이런저런 방법을 통해 압박하려 들 것이다.

동시에 그 수뇌인 혜법과 현월은 비밀리에 협력 관계를 이어갈 것이다.

그런 상태를 감안해 볼 때, 소림사에 불을 지른 것은 차라리 탁월한 선택이었다.

"그러니 이제부터."

현월이 앞으로 걸어갔다.

"방장에게 줄 선물을 마련해야지."

"선물이라뇨?"

"낮에 당한 것, 복수하고 싶지 않아?"

흑련의 얼굴에 칼날 같은 살기가 돋았다.

"해야죠, 당연히."

"지금 처리할 생각이야."

두 사람은 곧장 신형을 날렸다.

그 목적지는 소림사 내에서도 최북부에 위치한 건물, 금강전이었다.

금강원로들이 기거하고 있는 곳.

현월은 두 번 생각할 것 없이 그곳을 향해 검강을 날렸다.

도해흑산(導海黑山)의 초식!

해일처럼 몰아치는 검강이 금강전을 강타했다.

뭍으로 나온 고래가 발버둥 치듯, 안으로 파고든 강기는 사방으로 기운을 쏟아냈다.

우지끈!

그 와중에 금강전을 지탱하는 기둥이 중간치에서 분질러졌다.

이윽고 천장이 그대로 폭삭 주저앉아 버렸다.

폐허나 다름없게 된 그곳에서 네 개의 신형이 치솟았다.

"크윽!"

"뭐, 뭐냐!"

금강원로들이었다.

그들은 하나같이 흙먼지를 뒤집어쓰고 있었는데, 척 봐도 충격과 경악이 새겨진 얼굴이었다.

사실 그들은 새벽을 기하여 혜법을 급습, 제거하려는 계획을 세우고 있었다.

때마침 암제가 소림에서 사고를 쳤으니, 놈에게 모든 누명을 뒤집어씌우면 될 일이었다.

성공만 했다면 눈엣가시 같은 혜법도 없어지고, 암제에 대한 평판 또한 땅을 치게 됐으리라.

그 경우 하남성의 정파 세력을 모조리 끌어모아 암월방을 치는 것도 가능했을 터.

그러나 그 계획은 지금 물거품으로 돌아갔다.

어처구니없게도 암제 본인의 습격으로 인해!

"네놈이 정녕 겁대가리를 상실했구나!"

금강원로들의 눈이 이글이글 타올랐다.

차오르는 살기와 분노를 주체하지 못하는 모습이었다.

현월은 원로들을 무시한 채 흑련에게 말했다.

"저 중에 하나 골라잡아."

"둘을 상대하겠어요."

"괜히 무리하지 말고 하나만 상대해."

"두 놈한테 당했는데 하나만 없애는 건 수지가 안 맞잖아요?"

"셋 중에 한 놈은 살려놓을게."

흑련이 맨 왼쪽의 원로를 가리켰다.

"저거요. 그리고 오른쪽에서 두 번째를 살려두세요."

각각 그녀의 복부를 때렸던 원로, 그리고 협공을 펼쳤던 원로였다.

"허!"

금강원로들이 어처구니없다는 듯 헛숨을 토했다.

그들의 청력으로는 두 사람의 대화를 문제없이 들을 수 있었고, 그 내용 또한 이해하는 데에 문제가 없었다.

때문에 어이가 없었다.

앞서 그렇게 당해놓고, 이제 와서 저 무슨 배짱이란 말인가?

"너희 흑도의 마귀 연놈들이 아주 제정신이 아닌 모양이로구나!"

땅딸막한 원로가 기세 좋게 소리쳤으나, 이내 헛숨을 들이켜야만 했다.

현월의 신형이 눈앞에서 나타난 것이다.

"뭣……!"

복부로 무릎이 날아들었다.

깜짝 놀란 원로가 급히 뒤로 몸을 뺐다.

그사이 현월은 신형을 반전시키고는 미처 반응하지 못한 다른 원로에게 쌍장을 먹였다.

파앙!

"크앗!"

주르륵 밀려난 원로의 앞에는 흑련이 있었다.

현월은 그녀가 택한 원로에게 일부러 쌍장을 먹여 날려 보낸 것이었다.

이래서야 사람이 아닌 물건을 다루는 태도.

원로들의 얼굴이 울긋불긋해졌다.

"이런 건방진……!"

"잠시 후에도 그렇게 떠들 수 있을까?"

현월이 본격적으로 검초를 펼치기 시작했다.

이름난 절초라기보다는 기본적인 검식의 조건을 철저히 지키는 공격들.

그런데도 세 원로의 몸 위로 혈선이 하나둘 새겨졌다.

"이, 이럴 수가……!"

"말도 안 되는 일이!"

일각 만에 피투성이가 되어버린 그들이었다.

비틀거리는 와중에도 현월로부터 거리를 벌리는 데에 급급했는데, 현월은 굳이 깊이 추격하지 않으며 일 검, 일 검을 충실히 새겨갔다.

그제야 그들은 깨달았다.

현월이 자신들을 철저히 괴롭히다가 죽이려 한다는 것을.

실로 잔인한 놈이었다.

"허억!"

가장 먼저 탈진한 원로가 한쪽 무릎을 꿇었다.

그의 승복은 아예 붉은 빛으로 변해 있었다.

모르는 이가 본다면 처음부터 적색인 줄 알 듯했다.

"왜, 왜 이러는 것이냐? 우리를 가지고 놀다가 천천히 죽이려는 이유가 뭐냐?"

현월은 잠시 검을 거두었다.

"너희가 유설태의 끄나풀이기 때문이지."

"……!"

"뭣!"

금강원로들이 경악했다.

현월은 거기서 그치지 않고 말을 이었다.

"어쩌면 혈교도인지도 모르겠군. 하긴 이제 와서 어느 쪽인들 무슨 상관이겠냐만."

"네, 네놈!"

원로들이 말을 더듬었다.

그들과 유설태의 관계는 철저한 밀약 관계였다.

유설태는 무림맹을 움직여 직간접적으로 그들을 지원했고 그들 또한 유설태를 충실히 따랐다.

절대적이던 소림 방장의 지위를 끌어내리고 금강원의 영향력을 강화할 수 있었던 것은 그 덕이었다.

하지만 그 누구도 그 긴밀한 관계를 간파하진 못했다.

대척점에 있는 혜법조차도, 의심하는 단계에만 머물러 있을 따름이었다.

하물며 유설태의 진짜 배후라 할 수 있는 혈교에 대해서는 말할 것도 없었다.

'그런데!'

이 암제란 놈은 거기까지 꿰뚫어 보고 있었다.

게다가 이제는 오래된 과거로만 알려져 있는 혈교의 존재마저 알고 있었다.

"대, 대체 네놈은 누구냐!"

현월은 대꾸하지 않았다.

어차피 중요한 것은 저들의 질문 따위가 아니었다.

화륵!

멀리 건물들이 불타오르는 게 보였다.

승려들이 양동이에 물을 담아 퍼 나르는 모습도 눈에 들어왔다.

이곳에서 전투가 벌어짐에도 아무도 나타나지 않는 이유는 저것 때문일 터.

먼 곳에서의 화염이 금강전이 있는 곳에까지 그림자를 드리웠다.

한순간 불빛이 현월의 등을 비췄고, 그의 전면에 그림자가 드리워졌다.

그 순간 금강원로들의 눈에 들어오는 것은 끝없이 펼쳐진 어둠이었다.

*   *   *

혜법이 소림의 방장이 된 것은 비단 정치적 감각 때문만은 아니었다.

그는 같은 항렬 내 최고의 고수였다.

특히 기감을 펼침에 있어선 당대의 대나한들조차 따르지 못할 정도였다.

그렇기에, 지금 그는 두 곳에서 벌어지는 상황을 생생히 파악할 수 있었다.

한쪽에선 승려들이 바삐 물을 나르고 있었다.

화재를 진압하기 위한 눈물겨운 사투가 벌어지는 중이었다.

그리고 다른 한 곳.

금강원로들이 습격을 당했다.

습격자는 현월과 혹련. 무슨 이유에서인지 현월의 무위는 낮에 보았던 그것을 훌쩍 넘어선 상태였다.

어느 쪽이든 급하긴 마찬가지다.

소림의 방장으로서, 혜법은 그들 모두를 도와야 할 의무가 있었다.

그러나 몸뚱이는 하나뿐.

어느 한곳을 더 중시할 수밖에 없다.

'또다시 선택해야 하는가?'

그러나 왠지 허무한 느낌이 드는 것이 사실이었다.

이번 선택은 너무 간단했기 때문이다.

혜법은 급히 신형을 날렸다.

화재가 번지고 있는 방향이었다.

그가 지닌 범천공(凡天功)의 묘리를 응용한다면 번지는 불길을 가라앉힐 수 있을 터였다.

그는 금강원로들에 대한 생각을 머릿속에서 지웠다.

아마 금강원로들로서도 매정하다고 항변하지는 못할 터였다.

11장

암제출소림

파직.

유설태는 미간을 구겼다.

찻잔은 정확히 반으로 쪼개졌다.

딱히 내력을 가한 것도 아닌데, 손가락을 대자마자 쪼개 져 버린 것이었다.

"어?"

어린 시비, 미우가 찔끔 몸을 움츠렸다.

"죄송해요, 군사님. 다른 잔을 가져올게요."

"그러려무나."

유설태는 빙긋 미소를 지어 소녀를 안심시켰다.

소녀는 안심한 표정으로 새 잔을 가지러 달려갔다.

'불길한 징조인가?'

바보 같은 소리다. 유설태는 고개를 선선히 저었다.

이깟 사기그릇이 깨지고 말고로 길흉이 정해진다는 건 멍청한 미신에 불과했다.

만약 비보나 흉보가 들려오는 게 있다면 그건 흉보를 촉발시킨 요인에 의한 것이지, 이깟 찻잔의 쪼개짐과는 아무 관련도 없는 것이다.

'하지만……'

유설태는 문득 바깥으로 시선을 돌렸다.

소림에 밀령을 내렸고 방장인 혜법 또한 거부하는 듯한 기색을 보이진 않았다.

그러나 상당한 시간이 흘렀음에도 별다른 진전이 보이지 않는 것이 사실이었다.

'설마……'

무림맹의 정언 명령에 척을 지려는 것인가?

혜법의 성향을 생각해 보면 새삼스러울 것도 없었다.

그는 본디 대쪽처럼 올곧은 자.

제아무리 무림맹의 명령이라 해도 자신이 직접 보고 판단하기 전에는 따르지 않을 인물이었다.

애초 그렇기에 금강원로들을 키운 것이었고.

'놈을 제어할 수 없다면 제거하는 수밖에.'

그러기 위한 금강원로들이었다.

그들은 본디 혈교와는 관련이 없는 순수한 정종 무승이었다.

하나 유설태는 지속적인 향응을 통해 그들을 타락시켰다.

이제는 혈교를 위해 암약하는 충실한 수족들.

이 또한 백도무림의 전복을 위해 그가 준비해 놓은 안배 중 하나였다.

금강원로들을 움직여 혜법을 제거한다.

그런 후 적당한 누명을 씌워 소림을 움직인다.

'그 후 암제를 친다!'

금왕의 선언이 있기는 했으나, 역시 암제는 그냥 내버려두기 불안한 놈이었다.

더군다나 금왕의 태도를 봤을 땐 아무래도 놈을 꽤나 애지중지하는 것 같았다.

좋지 않았다.

혈교에 있어서도, 물론 유설태 자신에게 있어서도.

'하는 수 없지. 금왕과의 충돌도 각오하는 수밖에.'

어쩔 수 없었다.

혈교가 심각한 타격에서 회복하는 데에 암류방의 도움이 컸던 것은 사실이나, 그는 영원한 동맹도 친구도 될 수 없었다.

금왕은 애초부터 혼란 자체만을 위해 천하를 굴리는 자.

자신의 향락을 위해서라면 강호 전체를 불구덩이에 쳐넣고도 남을 자였다.

그 성정이 적에게 향한다면 이보다 든든한 자도 없을 것이나, 자신을 향한다면 이보다 까다로운 적 또한 없을 터였다.

아무래도 금왕과의 충돌은 불가피해 보였다.

'그렇다면……'

역시 암제 먼저 제거하는 것이 최선이었다.

현재로써 낼 수 있는 가장 좋은 패는 역시 소림을 움직이는 것이었다.

"설마 놈이라 해도 소림을 압도하지는 못할 테지."

"그게 무슨 말씀이세요?"

유설태는 흠칫 놀랐다.

어린 시비, 미우가 새 찻잔을 가지고 돌아와 있었다.

그가 놀란 것은 이 어린 것이 기척조차 내지 않고 자신에게 근접했다는 사실이었다.

아직 젖살조차 빠지지 않은 꼬마 계집이, 천하의 혈교 장로 유설태가 느끼지도 못하게 접근한 것이다.

하늘이 내린 재능이라고밖엔 표현할 수가 없었다.

'암천비류공의 재능!'

암황이 남긴 절대적인 무공.

그것을 꽃피우기 위해 유설태는 무던히도 노력했으나, 지금까진 오로지 실패만을 맛봤을 뿐이었다.

그간 적합자로서 암천비류공을 익혔다가 죽어간 이만 수백을 헤아린다.

그리고 이 아이, 미우는 역대 적합자 중에서도 최고의 적성을 보이고 있었다.

'암황의 후계자……!'

자신이 길러낸다면, 필경 그렇게 될 수 있을 것이다.

암후의 이름을 양 어깨에 걸머질 수 있게 될 것이다.

저 암제 같은 사시이비(似是而非)와 달리 말이다.

"군사님?"

그녀의 목소리에 유설태는 표정을 바로 했다.

"음, 그냥 혼잣말이었단다."

"혼잣말이요?"

"그래. 그나저나 차향이 그윽하구나."

찻잔을 집어 들며 말하는 유설태였다.

그것을 본 미우가 볼을 부풀렸다.

"군사님!"

"응?"

"아직 차를 따르지도 않았어요."

"하하, 그랬구나."

유설태는 멋쩍게 웃었다.

누가 봐도 인자하지만 어딘지 모르게 허술한 노년인의 모습에 지나지 않았다.

"정말, 군사님은 저 없으면 어쩌려고 그러세요?"

"네가 오래오래 내 곁에 있어 주면 될 일 아니냐?"

"저도 나이가 들면 다른 임무에 차출될 수도 있단 말이에요. 언제까지나 군사님의 시비로 있을 수는 없어요."

차를 따라 준 미우가 두 손을 허리에 얹었다.

"그러니까 지금부터라도 그 덜렁거리는 버릇을 고치셔야 해요. 아시겠어요."

"차향이 참 그윽하구나."

"아이, 참. 군사님!"

유설태는 빙긋 웃으며 차를 입으로 가져갔다.

입가가 잔에 가려진 순간 그 미소가 냉소로 바뀌었으나, 어느 누구도 그 순간을 보지는 못했다.

'금강원로들이 움직이면 놈도 끝나리라.'

　　　　*　　　*　　　*

　금강원로들이 움직였다.

　"멸하리라!"

　최전방에서 짓쳐드는 원로의 손아귀에 시퍼런 장강이 구현됐다.

　항마청령장(抗魔靑靈掌)의 일수. 천하의 모든 사기를 멸한다는 고절한 장법이었다.

　하나 현월을 감싼 어둠은 조금도 위축되지 않았다.

　쾅!

　형태는 없었다.

　식도 없었다.

　그러나 다음 순간, 원로는 짓쳐들던 반대 방향으로 튕겨져 나가고 있었다.

　무형권의 일식.

　금강원로들조차 그 움직임을 따라잡지 못했다.

　"크윽!"

　"무, 무슨!"

　격타당한 원로가 비틀대면서도 자세를 잡았다.

　콧등이 깨진 탓에 시뻘건 핏줄기가 콸콸대며 쏟아졌다.

　화마는 이제 거의 소진되고 있었다.

주황색 불길이 줄어드는 동시에 장내를 뒤덮는 어둠의
규모가 증대되어 갔다.

그럴수록 그들의 눈에는 가만히 선 현월의 신형이 한층
거대해져 보이는 것이었다.

"악귀……!"

세 사람의 원로는 이를 악물고는 협공으로 전환했다.

"차앗!"

"핫!"

동시에 터져 나오는 기합성.

그들은 자로 잰 것처럼 세 방향에서 같은 속도와 투로로
현월을 압박하고 들어갔다.

현월은 비어 있는 나머지 한 방향으로 몸을 뺐다.

자연히 세 원로의 신형이 그 뒤를 쫓았다.

하지만 그것은 실수였으니, 세 방향에서 짓쳐 오던 그들
은 이제 한 방향에서 짓쳐 들어가는 형세가 되었다.

현월이 몸을 뺀 것으로 오로지 그것을 위해서였다.

핑유, 아니, 탐랑의 장검 위로 흑색의 강기가 치솟았
다.

검신이 기운을 견뎌내지 못한 듯 부들부들 떨리기 시작
했다.

카앙!

결국은 검강 자체의 힘을 버티지 못하고 산산이 조각났다.

하지만 검신이 깨져 나간 자리엔 검강 자체가 새로운 검신이 된 양 형태를 이루고 있었다.

암천강기의 궁극형이라 할 수 있는 암천백병(暗天百兵).

궤적을 그리는 현월의 검로는 실로 수수했다.

쩌억!

원로들은 순간 검신이 사라지는 것을 보았다.

"……!"

아니, 사라진 게 아니었다.

애초에 검신은 산산이 부서져 나간 지 오래.

저 자리에 있던 것은 흑색의 검강일 따름이었다.

주변을 메운 어둠과 같은 색인.

그리고 그것은 휘두르는 순간 사방으로 퍼져서 어둠 속으로 스며들었다.

원로쯤 되는 고수들이었기에 그 사실이 의미하는 바를 유추하는 것은 어려운 일이 결코 아니었다.

어둠이 곧 검강이고 검강이 곧 어둠이 된 경지.

'그렇다는 건……!'

그 순간, 그들을 둘러싼 모든 공간은 보이지 않는 칼날의 수림(樹林)이었다.

파파파팟!

"크아아악!"

"커헉!"

원로들은 사방에서 궤적을 그리는 칼날들에 난자당했다.

모든 곳에 어둠이 있었고 모든 곳에 칼날이 있었다.

피할 곳도, 막아낼 방법도 없었다.

숨을 쉴 때 들어오는 공기조차도 칼날을 품고 있었다.

옷자락 안에 존재하는 어둠조차도 칼날을 지니고 있었다.

그들은 신체의 안팎으로부터 난자당했다.

"커허억!"

"으으윽!"

피투성이가 된 원로들이 비틀거렸다.

수천 병사에게 둘러싸여 검격을 받더라도 이 정도는 아닐 것이었다.

애초에 병사가 수천이 아니라 수만이 있다고 해도, 한 번에 짓쳐들 수 있는 칼날의 숫자는 한정적이었으니 말이다.

이것은 달랐다.

그들은 자신의 몸에 난 검흔이 몇 개인지도 헤아릴 자신이 없었다.

도대체 한 번에 몇 개의 칼날이 쇄도한 것인지 추측할 자신이 없었다.

그저 피를 쏟아내며 허덕일 뿐.

현월의 신형이 그들 사이로 스며들었다.

"놈……! 대체 이 사술은 무엇이냐!"

대답 대신 날아든 것은 무형권의 강격이었다.

일갈을 뱉었던 원로의 입에서 이빨들이 부서져 나갔다.

"모, 목숨만은 살려주게!"

애원하던 원로의 명치로 발길질이 쇄도했다.

극성의 경력을 한껏 담은 한 방.

원로는 깨어진 단전을 부둥켜 쥐며 고꾸라졌다.

남은 것은 마지막 하나.

"으, 으아아아!"

원로는 물에 빠진 개처럼 허우적거렸다.

두 손을 앞다리인 양 움직이며 사방을 긁어댔다.

그 모양새는 차라리 한 마리의 짐승.

소림의 고승으로서의 품격은 어디에도 존재하지 않았다.

그저 두 눈 가득 공포를 머금은 채 살려달라고 앵무새처럼 중얼거릴 따름이었다.

'아니, 공포 때문이 아니겠지.'

그에게서 고승의 기품이 사라진 것은, 이미 유설태와 혈교의 끄나풀이 된 순간부터 예견된 일이나 다름없었다.

성큼성큼 다가간 현월은 주저하지 않고 진각을 내리찍었
다.

"꺼억!"

발 끝에 얼음 덩어리가 터져 나가는 감촉이 느껴졌다.

그 순간 마지막 금강원로의 단전은 완전히 박살이 나 소
멸했다.

세 명의 원로가 패배했다.

그저 목숨만을 겨우 건진 채였다.

단장이 끊어지는 비명이 들려왔다.

"으아아아아!"

현월은 그제야 조금 떨어져 있는 방향으로 고개를 돌렸
다.

조금 전까지 흑련과 대치 중이던 금강원로가 그곳에 있
었다.

그는 두 눈에서 피눈물을 콸콸 쏟아내는 중이었다.

필경 나머지 세 원로가 당하는 모습을 본 까닭이리라.

그 순간 원로의 가슴을 비집고 손날이 튀어 나왔다.

흑련은 짤막한 틈을 놓치지 않았고, 기어코 그의 배후를
잡아 살초를 먹인 것이었다.

"끄으으윽……!"

금강원로는 피거품을 쏟아내며 쓰러졌다.

현월이 미간을 찌푸렸지만, 그의 숨이 미약하게 붙어 있다는 것을 느끼고는 안도했다.

"죽이지 않았어요."

흑련의 목소리는 심통이 나 있었다.

"제가 그렇게 어리숙할 거라고 생각했어요?"

금강원로들은, 그 죄질이 어떻든 간에 살려둘 필요가 있었다.

살려두어 유설태의 본모습과 혈교의 야욕에 대해 증언하게 해둘 필요가 있었다.

'정말 이자들이 제대로 증언을 할지는 모르겠지만.'

진실을 끌어내는 거야 소림이 해야 할 일.

현원이 할 바는 다했다.

"끝난 거군요."

한숨을 토하듯 말한 흑련이 비틀거렸다.

단전에 타격을 입은 채로 금강원로와 일전을 벌인 그녀였다.

무기마저 없는 맨손으로 싸웠으니, 타격을 입지 않았을 리 없었다.

현월은 괜찮으냐고 묻거나 그녀를 부축하진 않았다.

그것은 그녀의 자존심에 상처를 입히는 짓이 될 것이 분명했다.

혹련이 겨우 신형을 추스르는 것을 확인한 현월이 운을
뗐다.

"돌아가자, 이제."

"네."

두 사람은 담을 넘어 달아나거나 하지 않았다.

그저 정문을 향해 담담히 걸어 나갔다.

"거기 서라!"

나한들이 우르르 몰려와 두 사람을 포위했다.

화재를 대부분 진압한 뒤였기에 그들의 얼굴엔 검댕이
가득 묻어 있었고, 그 이상으로 진득한 살기와 증오심이 묻
어나 있었다.

하기야 그럴 수밖에 없으리라.

이 모든 일의 원흉이 눈앞에 있는데, 분노하지 않을 수는
없을 터였다.

나한들 사이로 세 사람의 대나한이 걸어 나왔다.

그중 한 명은 물론 범화였다.

"그대들은 너무나 큰 죄를 범하였다. 그에 대해 할 말이
남아 있는가?"

곰 같은 인상의 대나한이었다.

"당신은 누구지?"

"대나한 홍수라고 한다, 악도여."

현월은 피식 웃었다.

"암제라고 부르면 되겠군."

"그대를 지칭할 표현은 악도라는 두 글자면 충분하다. 자신의 대죄에 대해 변명할 염치가 남아 있는가?"

"대죄라. 내가 무슨 잘못을 했지?"

"이 광경을 보고도 그런 질문이 나오는가!"

"수하를 구하기 위해 불가피한 선택을 했을 뿐이다. 그리고 그녀를 구속한 것은 당신들이었고."

"그걸 지금 말이라고 하는 건가!"

현월은 미간을 찡그렸다.

"뭐, 불을 일으킨 점은 인정하지. 부득이한 일이었다지만 사실은 사실이니까."

"그대의 무공으로 죗값을 대신해야 할 것이다!"

단전을 폐하겠다는 뜻.

현월은 고개를 좌우로 저었다.

"미안하지만 그건 안 되겠군. 아직 해야 할 일이 넘치도록 남아 있어서."

"저항하겠다는 것인가?"

"그렇게 말하면 꼭 내가 당신들에게 핍박당하는 것처럼 들리지 않나?"

스스스스.

나한들이 흠칫거렸다.

그들은 사방에서 느껴지는 형형한 살기를 느끼며 대경실
색했다.

마치 수만 명의 적에게 포위당해 있는 것만 같은 감각.

무형의 창검이 사방에서 그들을 겨누고 있는 것만 같았
다.

"무, 무슨!"

홍수 또한 기겁하기는 마찬가지였다.

그 와중에도 그나마 냉정을 유지하고 있는 이는 범화뿐
이었다.

하나 그것은 현월에 대해 조금 더 알고 있기 때문일 뿐.

그 또한 지금 현월이 선보이는 무위에 압도되는 심정이
었다.

'이자는 정녕 괴물인가?'

이게 자신이 호각을 이루던 그 사내가 정녕 맞는가 싶었
다.

정말로 그때 손속에 여유를 두었던 것이라고밖엔 생각할
수가 없었다.

"내 저항이 어떤 것인지 확인해 보겠다면 말리진 않겠다.
하지만 그러려면 네 휘하의 승려들의 목숨을 판돈으로 걸
어야 할 것 같군."

"으음……."

"그래서 이제 어쩔 생각이지, 대나한?"

홍수는 입술을 질끈 깨물었다.

"다들 투기를 거두어라."

나한들은 시키는 대로 했다.

현월 또한 암천백병의 기운을 거두었다.

그때 나한들 사이로 걸어 나오는 이가 있었다.

소림 방장 혜법이었다.

현월은 말없이 그를 일별했다.

혜법은 그저 합장을 해 보일 따름이었다.

"가자."

그 말을 남긴 채 현월은 소림을 나섰다.

올 때와 마찬가지로 두 발로 걸어서.

"방장님……."

홍수가 면목이 없다는 듯 고개를 떨어트렸다.

혜법은 침묵하다가 나직이 말할 따름이었다.

"금강전 앞에 원로들이 쓰러져 있다. 그들을 수습하여 치료하도록 하거라."

"서, 설마 그놈이 원로들마저?"

"어서 가라. 꾸물거릴 시간이 없다."

"예, 예!"

홍수가 황급히 무승들을 이끌고 사라졌다.

혜법은 범화를 돌아봤다.

"그래, 지금도 네 생각은 같더냐?"

"그는……."

범화는 말을 채 잇지 못하고 이를 악물었다.

격한 감정의 격류 때문인지 몸이 부르르 떨렸다.

혜법은 그의 떨림이 멎을 때까지 기다려 주었다.

"그는 위험한 자입니다. 그 생각은 지금도 변함이 없습니다."

"그렇더냐."

"하지만……."

범화는 마지못한 투로 말을 이었다.

"어쩌면 작금의 무림은, 그러한 위험한 자를 필요로 하고 있는지도 모릅니다."

"독을 독으로 다스린다, 그런 것이더냐?"

"어쩌면……."

혜법은 선선히 고개를 끄덕였다.

그는 알고 있었다.

조금 전 현월이 펼친 수법은, 아마도 어둠 속에서만 사용할 수 있는 것임이 분명했다.

그것은 그가 알고 있는 암천비류공의 성질과도 동일했다.

'게다가 흉부에 새겨진 그 술진.'

이쯤 되면 부정하기 어려웠다.

현월이 역천의 대법을 사용하여 회귀한 존재라는 것을.

그는 실로 위험한 자였다.

그러나 그가 한 말들이 사실이라면, 앞으로의 무림은 훨씬 위험하고도 고될 것임이 분명했다.

그렇다면 그의 위험함이 필요했다.

적들을 향해 겨누어진 칼날로써 말이다.

'그런 것인가.'

혜법은 말없이 염주를 굴렸다.

그는 앞서 금강원로들의 상태를 살펴보고 왔다.

그들은 정말 문자 그대로 겨우 목숨만 건진 상태였다.

아무리 정성 들여 치료하더라도 앞으로 무인으로서는 살아갈 수 없을 터.

소림 내에서 그들이 지니고 있던 영향력 또한 소멸된 것이나 마찬가지였다.

무력을 수반하지 못한 권력은 사상누각에 불과했으니까.

다시 말한다면⋯⋯.

'소림의 지도자라 할 수 있는 이는 오로지 방장뿐이라는 것인가?'

혜법은 흠칫 몸을 떨었다.

현월의 침묵 속에 담겨 있던 전언(傳言)을 이해할 수 있을 것 같았다.

"소림을 대사께 드리겠습니다. 다음은 대사께서 내게 무엇을 줄지 정하실 차례입니다."

참으로 무섭고도 위험한 선물이었다.

아마도 현월이 바라는 것 역시 거대한 무언가일 테지.

앞으로의 선택에 따라 혜법 자신과 소림의 명운은 크게 갈리게 될 터였다.

"큰스님……."

혜법은 고개를 돌렸다.

굉유가 어느새 다가와 있었다.

그 또한 얼굴 가득 숯 검댕을 묻힌 채였다.

다른 무승들과 차이랄 게 있다면, 그들이 화재를 진압하다가 그리 된 것에 비해 굉유는 불을 일으키느라 그렇게 됐다는 점이리라.

물론 그 사실을 아는 이는 거의 없으리라.

아마도 혜법이 유일할 터.

혜법은 쓴웃음을 지었다.

"꼬락서니가 참으로 가관이로구나."

"죄송합니다."

"무엇이 죄송하다는 말이냐?"

"그냥, 모든 게 다 죄송합니다."

그런 것치고는 굉유는 그리 죄책감에 시달리는 표정은
아니었다.

그는 오히려 개운해 보이기까지 한 얼굴을 하고 있었다.

혜법은 빙긋 웃었다.

"상쾌한 모양이로구나."

"예? 그, 그럴 리가 있겠습니까?"

굉유는 급히 고개를 돌렸다.

혜법은 고개를 들어 허공을 보았다.

구름이 잔뜩 낀 가운데, 초승달이 그 사이로 희미한 광체
를 내비치고 있었다.

'암월방이라.'

소림은 암월방의 행위를 규탄해야 할 것이다.

여남의 암흑가를 공포로써 통치하는 그 극악무도함을 욕
하고 멀리해야 할 터였다.

하지만 화재와 금강원로들에 대해서는 일언반구도 하지
않을 것이었다.

그들은 그저, 백도의 중심으로서 암월방을 대적자로 규
정하는 데에만 머무를 것이었다.

그리 되면 소림이나 백도에 배치되는 이들이 암월방으로 몰리게 될 터.

또한 암월방 자체의 위명 역시 백도무림과 소림에 맞서는 거대한 이름으로 성장하게 될 것이었다.

그리고 그렇게 키운 힘은, 필시 무림맹과 혈교에 맞섬에 있어 큰 역할을 할 터였다.

"어쨌든 그때까지는, 당분간 이 기묘한 관계를 유지해야 할 듯하구나."

"예? 그게 무슨 말씀이십니까?"

혜법은 굉유를 돌아봤다.

"네가 본 암제는 어떻더냐? 정말 소문처럼 악독하고 사악한 사내더냐?"

"그놈은······."

굉유는 콧등을 훔치기만 할 뿐, 어떻다 말을 잇지 못했다.

필시 표현할 어휘를 찾기 어려운 모양이었다.

혜법은 피식 웃었다.

"그것만으로도 대답은 충분하구나."

12장

영겁성화(永劫聖火)

　십만대산.

　과장을 섞어 십만의 봉우리가 있다는 그곳은, 중원에서
가장 험난한 곳 중 하나였다.

　그러나 무림인에게 있어 그 이름은 단순히 특정지명을
뜻하는 곳이 아니었다.

　단일 문파주제에 마도(魔道)라는 한 부류를 차지한 문파.

　무림의 공적이자 무림 전체가 적으로 삼아야 할 정도의
힘을 지닌 문파.

　열 개의 분파를 지니고 있으며, 그 하나하나가 무림의 구파일방을 압도하는 힘을 지닌 방파.

마교가 위치했던 곳이었다.

하나 마교는 더 이상 존재하지 않았다.

이미 백 년도 전에 내부의 아귀다툼으로 인해 무너지고 소멸해 버린 뒤였다.

이 뒤를 이어 급격히 세력을 키운 것이 혈교였다.

어찌 됐든 분명한 것은, 십만대산이 한때는 흑도인들에게 있어 성지와 다름없는 곳이었다는 사실이다.

이제는 그저 전설이나 다름없게 되어버린…….

그 십만대산 한 가운데에는 꺼지지 않는 불길이 타오르고 있었다.

다른 아홉 문파가 합류하여 하나가 되기 전. 십만대산에 자리 잡고 홀로 마교라 불리던 문파.

백련교.

그들의 성물인 영겁성화(永劫聖火)였다.

이는 백련교 자체가 사라져 버린 지금조차도 타오르고 있었다.

그 영험함에 눈독을 들인 이들도 많았으나 그 누구도 감히 영겁성화를 취하지는 못했다.

취하는 순간 결코 꺼지지 않을 화염이 몸을 잠식한다.

그것이 꺼지는 것은 불붙은 자의 내력과 진기가 바닥을

드러내는 순간뿐.

한마디로 죽어야만 꺼진다는 것이었다.

결국 못 먹는 감 쳐다보지도 않겠다는 식이 되어버렸다.

셀 수조차 없을 정도의 시체들 남긴 뒤에야 사람들은 영겁성화에 대한 탐욕을 내려놓을 수 있었다.

그리고 그렇게 된 후에는 마치 처음부터 그것이 존재하지 않았다는 양 취급하기 시작했다.

그렇게 영겁성화를 향한 발길은 완전히 끊어지고 말았다.

하지만 지금.

그 영겁성화 앞에는 두 사내가 서 있었다.

한쪽은 학창의를 걸친 지혜로운 인상의 노인이다.

그리고 다른 한쪽은 머리를 짧게 깎은, 잘 단련된 체구의 젊은 청년이다.

적이라기엔 친근하고 벗이라기엔 격식을 따지는, 애매한 인상의 두 사내.

만박서생(萬博書生) 유숭.

철혈염라(鐵血閻羅) 철극심.

"지금쯤 백진설 궁주가 비공(祕功)을 완성하기 직전일 테지?"

"아마도 그럴 겁니다."

"그렇다면 그는 좀 더 교주의 좌에 가까워지겠군."

선대 교주이자 패도궁주였던 백주천이 무림맹 군사 제갈철의 계략으로 죽은 것이 수십 년 전.

그 이래, 혈교에는 아직까지 교주가 없었다.

머리가 없는 집단이 제대로 움직일 수는 없는 법.

혈교도들은 한시 바삐 교주를 새로 추대하려 했다.

문제는, 혈교에는 열 개도 넘는 크고 작은 파벌이 있다는 것이었다.

각각의 수장들 또한 내로라 하는 강자들.

그들은 혈교의 교주 자리에 오르기 위해 갖가지 암투를 벌이기 시작했다.

처음에는 암투 정도로 시작했던 싸움은 이내 무력 충돌로까지 심화되었고, 그 내전은 혈교를 약하게 만들어갔다.

그리고 그 상황을 보다 못한 사람들이 나섰다.

"이대로 가다간 혈교는 무림 놈들에게 망할 겁니다."

중립에 서서 방관하던 만박서생 유숭은 혈교삼궁의 궁주들에게 말했다.

"혈교의 교주는 혈교를 승리로 이끌어야 하는 법. 본 교를 가장 강하게 만들 수 있는 사람이 교주가 되어야 합니다. 정략이나 암투에 능한 자가 아닌, 본교의 꿈을 이뤄줄 수 있는 사내. 적으로 가득한 본교에게 미래를 열어줄 수 있는 사내. 그런 사내를 교주로 추대해야 합니다."

유숭의 제안을 받아들인 혈교삼궁의 궁주들은 제각기 자신들의 방식대로 움직이기 시작했다.

그리고 자신의 교주 도전권조차 포기한 철극심은 그들의 감시인을 자처했다.

혈교의 강자들 중에서도 가장 맺고 끊음이 분명한, 완고한 무인 철극심.

그는 모든 파벌의 모든 시도에 협조를 아끼지 않으며, 다른 파벌에게 방해공작을 펼치는 이들에게 단호한 제재를 펼치곤 했다.

그것도 이제는 오랜 과거의 얘기였지만 말이다.

두 사람은 영겁성화를 응시했다.

한 가지 전설이 혈교에 전해져 내려왔다.

삼궁을 완전히 발아래에 두고 혈교의 교주로서 군림하는 자에게 영겁성화의 불길이 흡수되리라는 것이었다.

하나 두 사람으로선 코웃음이 나올 일이었다.

그 전설이라는 것은, 결국 백련교 때부터 전해져 내려오던 이야기의 변형에 불과했기 때문이다.

영겁성화 자체가 지닌 신묘한 힘이 와전되어 퍼진 것일 뿐.

"이건 그저 끝도 없이 타오르는 불꽃일 뿐이지."

유숭은 철극심을 돌아봤다.

"철혈염라께서는 패도궁주가 교주직에 오를 수 있으리라 생각하십니까?"

"모르오. 하지만 그리 되길 바라고는 있소."

패도궁주 백진설은 혈교 삼궁의 궁주들 가운데서 최강의 무위를 지니고 있었다.

그러나 유숭과 철극심을 비롯한 많은 이가 백진설이 혈교의 교주가 되기를 바라는 것은 비단 그 때문만은 아니었다.

"그의 재능은 하늘이 내린 것."

혈교 삼궁의 궁주들은 대대로 예순을 넘긴 고령이 차지했었다.

청년 같은 외모의 철극심도 반로환동해서 그렇지, 실제로는 칠순이었다.

현존하는 혈교 최강의 무인인 천겁마신(天劫魔神) 화무백은 이미 백이십을 넘긴 나이였다.

하지만 백진설.

그 사내는…….

"약관의 나이에 그 정도 무위를 갖출 재능이라면, 수십 년 뒤에는 고금제일인이 될게 분명하니까."

서른다섯.

철극심의 손자보다 오히려 어린 나이인 그는 이미 철극심과 어깨를 나란히 하는 절세무인으로 성장해 있었다.

좁게는 혈교 사상 최고의 무재.

넓게는 무림 사상 최고의 무재.

그것이 백진설의 이름 앞에 붙는 수식어였다.

"그렇습니다. 만약 그가 패도무한공을 손에 넣고, 그걸 익히는 데 성공한다면. 그리고 그 패도무한공을 다른 혈교도들에게 보급한다면. 그는 분명 혈교를 한 단계 높은 경지로 끌어올릴 수 있을 겁니다."

"나도 그날만을 기다리고 있소."

철무심은 완고한 얼굴에 옅으나마 미소를 띠며 말했다.

"그가, 패도무한공을 대성하여 본교의 지존으로서 우뚝 설 날을."

백진설은 이미 압도적으로 강한 사내다.

흑도 서열 삼 위.

위로는 오직 화무백을 포함한 두 사람만을 두고 있는 말도 안 될 정도의 천재였다.

지금조차도 그럴진대, 과연 그가 화무백 수준의 경험과 연식을 쌓은 이후라면……?

'상상만으로도 오싹하군.'

두렵기까지 하다. 오줌을 찔끔 지릴 것만 같다.

그러나 그만큼이나 기대가 되는 것 또한 사실이었다.

그땐 정녕, 고금제일인이라 불리는 무인이 탄생하게 될 테니까.

*　　*　　*

"허어!"

금왕이 탄식을 토했다.

그리고 한 번으로 부족하다는 듯 다시 한 번 혼 빠지는 소리를 냈다.

"허어어!"

"뭐하는 겁니까?"

현월의 핀잔에 금왕은 입맛을 다셨다.

"그리 재미있을 법한 일전을 놓치다니. 노부의 실책이 너무나 뼈아프구나."

"……"

"자네도 자네로군. 설마 그 소림을 상대로 정면 대결을 타진할 줄은 꿈에도 몰랐네."

"처음부터 그럴 생각이었던 것은 아닙니다. 어쩌다 보니 상황이 그렇게 꼬여 버린 것뿐."

"그냥 내친걸음에 그렇게 해버렸다는 뜻인가?"

"임기응변으로 대처한 겁니다, 그냥."

"허어."

금왕은 설레설레 고개를 저었다.

"이제 보니 자네를 걱정할 게 아니었군. 괜히 마음을 졸였군그래."

"그게 무슨 소립니까?"

금왕의 입가에 미소가 스쳤다.

"약속한 때가 왔다는 것이지."

강자와의 대결.

필시 금왕이 현월의 상대를 찾아낸 것이리라.

"상대는 누굽니까?"

"들어본 적이 있는가 모르겠군. 심령당주 노혈경일세."

현월은 잠시 머릿속을 뒤져 보았다.

"처음 듣는 이름입니다."

"자네는 정말 흑도 무림에 대해 아는 바가 전혀 없군그래?"

흑도를 배후에서 좌우하는 암류방도 모른다.

거리의 낭인들조차 한 번쯤은 들어보았을 노혈경의 이름조차 모른다.

참으로 지닌바 무공에 비해 기이할 정도로 정보에 깜깜한 현월이었다.

"자네 정말 정체가 뭔가?"

"알고 있지 않습니까?"

"현검문의 장자라는 건 아무런 설명도 되지 않네! 설마 그 무공이 현검문의 가전 무공이라고 말하려는 것은 아니겠지?"

현월은 그저 어깨만 으쓱거릴 따름이었다.

금왕도 더 캐내려는 것은 포기했다.

"뭐, 됐네. 노부야 자네가 잘 싸워주기만 하면 만족할 일이지."

"그자, 강합니까?"

"강하지."

"주로 쓰는 무공이 뭡니까? 권? 장? 각?"

"노부는 말해줄 수 없네. 그에게도 자네의 무공에 대해서는 딱히 설명해 주지 않았네."

현월은 미련을 버렸다.

"알겠습니다. 알아내는 거야 다른 이들에게 물어보면 될 일이겠지요."

"그보다……."

금왕이 넌지시 화제를 돌렸다.

"련아는 좀 어떤가?"

"그렇게 걱정된다면 차라리 찾아가 보시지 그러십니까?"

"그 아이는 예민하고 섬세하거든. 괜히 노부가 찾아가 봤다가는 한동안 끙끙 앓을 테지. 노부를 걱정시켰다고 말이야."

하긴 그녀의 평소 모습을 떠올려 본다면 그럴 것 같기도 했다.

"어쨌든……."

금왕이 다시 본론으로 돌아왔다.

"대결은 보름 후가 될 것일세. 노혈경이 여남에 들어서는 순간, 그때부터가 대결의 시작이 될 것이야."

현월이 표정을 굳혔다.

금왕의 말에 숨겨진 뜻을 유추하는 것은 그리 어려운 일이 아니었다.

필경 여남 전체를 전장으로 삼으라는 뜻일 터.

'시가전의 대가라도 되는 건가?'

의문이 꼬리를 물었으나 현월은 일단 치워두기로 했다.

어차피 제갈윤이나 유화란에게 물어서 알아내면 될 일이었다.

"그나저나……."

금왕이 돌연 큭큭거리며 웃었다.

"유설태가 이 사실을 알게 된다면 눈알이 뒤집히겠구면."

그의 추측은 틀리지 않았다.

13장

천유신, 혹은 화무백

정파무림인 연합. 무림맹.

구파일방을 비롯한 수많은 무림정파가 모여 만든 거대연합이라는 것을 모르는 이는 없다.

정식으로 패를 받은 고수만 이만이 넘고 산하에 거둔 방파들의 숫자까지 합치면 십만.

명실공히 천하를 움직이는 집단이라 할 수 있을 것이었다.

황제조차 무림맹주를 정할 수 없지만 무림맹주는 황제조

차 바꿀 수 있다.

강호에 돌아다니는 말은 이제 상식처럼 받아들여지고 있었다.

그리고 그 무림맹에는 무림사를 모아두는 서각이 있었다.

정도무림의 혼을 이은 무림맹이 무림의 역사를 보존한다는 명분으로 세운 서각.

무사관(武史館)이 말이다.

*　　　*　　　*

햇살이 유난히 따스한 오후였다.

"흐음……."

책 냄새가 물씬 풍기는 서관 안.

청색 문사의를 걸친 청년이 벽에 기댄 채 꾸벅꾸벅 졸고 있었다.

나이는 스물이나 되었을까.

키는 제법 컸지만 몸과 팔다리는 가는 편이었고, 비스듬히 쓴 문사건 아래의 얼굴은 희고 섬세한 인상을 주고 있었다.

어디를 보더라도 무공과는 거리가 먼 백면서생처럼 보일 뿐이었다.

그림으로 그린 듯한 청년문사 그대로였다.

그런 그의 앞에는 마찬가지로 푸른 문사의를 걸친 여자 한 명이 팔짱을 끼고 서 있었다.

등 뒤로 늘어뜨린 머리카락은 허리 어림에서 대충 묶어 두고, 얼굴에는 분 한 점 바르지 않아 소탈한 인상이다.

그럼에도 불구하고 그녀는 지나가는 이들이 한번쯤 돌아볼 만한 미인이었다.

그녀의 이름은 임수향.

무림맹 무사관에서 근무하는 삼급 서관이었다.

그녀는 늘어지게 낮잠을 자고 있는 자신의 상사를 향해 말했다.

"관주님. 일어나요."

아무런 반응도 보이지 않는 청년 문사.

임수향은 한숨을 푹 내쉬며 청년 문사를 흔들어 깨웠다.

"일어나라고요. 안 일어나면 점심밥 안 갖고 올 거예요."

스윽.

청년문사는 눈을 감은 채로 고개만 끄덕였다.

그는 귀찮다는 표정을 지으며 말했다.

"에이씨, 나 잘 때 깨우지 말랬잖아."

"네. 그런데 서책부장님은 앞으로 관주님 낮잠 못 자게 하라고 하셨거든요. 부장님이랑 관주님 중에 누가 더 높아요?"

"…부장님."

청년 문사, 천유신은 천천히 눈을 떴다.

그는 짜증스러운 표정을 짓고 있었다.

"그런데 부장님은 여기 없잖아."

"그 대신에 잠자는 관주님이 있죠."

"…이를 거냐?"

"안 일어나면요."

천유신은 한숨을 푹 내쉬었다.

"그럼 일어나야지."

천유신은 천천히 자리에서 일어났다.

그는 손가락에 깍지를 끼고 쭉 폈다.

우두두둑 하는 소리가 손가락에서부터 시작해 전신의 관절에서 들려오기 시작했다.

그는 귀찮다는 표정으로 말했다.

"오늘 할 일은?"

"일정 잡힌 건 딱히 없어요."

"…왜 깨웠어?"

"하지만, 오늘은 오래간만에 책장 정리를 하기로 했어요."

"누가 시키는 건데?"

"제가요."

임수향이 말하자, 천유신은 눈살을 찌푸렸다.

"하지 마."

"관주님."

"청소하지 마. 귀찮아."

"관주님. 주변을 둘러보세요."

무사관 내부에는 책과 책장이 있었다.

문제는 책이 책장에 들어있지 않다는 것이었다.

무사관 서쪽에는 죽간으로 이뤄진 곤륜산맥이 웅혼한 기세로 솟아 있었다.

무사관 남쪽 서책의 바다 사이에는 서로 뒤엉킨 목간들이 해남군도를 이루고 있었다.

"서책부장님이 이 참극을 보시면 관주님의 목을 치실걸요."

"…관주직을 빼앗는다는 소리지?"

"아뇨. 수급이요."

"그 정도야?"

"이 참상을 관주님 눈으로 보고도 모르겠어요?"

"난 뵈는 게 없어서 잘 모르겠다."

천유신은 투덜거렸다.

그러나 그도 책 정리를 해야 한다는 사실 자체에는 동의하는 모양이었다.

"할 수 없지. 오늘은 특별히 청소를 할 수 있도록 허락해주겠어."

드르르륵!

천유신은 책상 위에 놓였던 책들을 바닥으로 쭉 밀어버렸다.

그리고는 그 자신이 책상 위에 가부좌를 틀고 앉았다.

"뭐해? 정리 시작해."

"눈물 나게 고맙네요, 정말."

도와주는 것은 처음부터 기대도 하지 않은 것일까.

임수향은 혼자서 책 정리를 시작했다.

"그런데 왜 우리 무사관에는 사람이 충원 안 되는 거예요?"

"여기가 무림사를 모아놓은 무사관이니까 그렇지. 무서관처럼 실용적인 책이 있는 곳이 아니니까."

"으, 으음……."

임수향은 침음성을 삼켰다.

인정하긴 싫지만 천유신의 말이 맞았다.

무림맹 구석에 위치한 무사관은 한 달에 한 명 찾아올까 말까 한 한적한 장소였다.

하루에도 수백 명이 드나드는 무서관과는 달리 이곳은 그냥 무림맹의 체면치레에 불과하다.

'무림맹은 옛 선배들의 영광과 협의를 결코 잊지 않는다'는 가식적인 체면치레 말이다.

이급 서관과 삼급 서관 단 두 명이 한 서관 전체를 관장하고 있다는 것이 그 증거였다.

"그래도 무서관에는 서관이 마흔 명이고 호위무사도 여든 명이 넘는데……."

"불만이면 유설태한테 따져."

"그걸 말이라고 하시는 거예요?! 그리고 군사님 존함을 함부로 부르지 마세요!"

그녀의 기세에 움찔 놀란 천유신이 말을 돌렸다.

"게다가 너 혼자서 서관 마흔 명 몫은 하잖아."

"그럼 관주님은 호위무사 여든 명 몫은 해야겠네요?"

"나야 그 이상이지."

"그 거짓말. 대체 근거가 뭐예요?"

임수향이 새초롬한 표정으로 묻자, 천유신은 의기양양한 표정으로 말했다.

"너 입관한 이후에 무사관에서 행패 부리는 놈 봤어? 다시 말해 내 전적은 영원 무패라는 거지."

"…아무도 안 오는데 누가 행패를 부리겠어요?"

"그건 방문객들 사정이고."

천유신은 아무렇게나 말하고는 탁자에 몸을 눕혔다.

임수향이 도끼눈을 뜨고 노려보자, 천유신은 빙긋 웃으며 말했다.

"안 자. 자는 거 아냐. 나도 양심이 있지, 설마하니 부하 일 시켜놓고 그 앞에서 자겠어?"

"그럼요? 뭐하려는 건데요?"

"내공 수련. 내공 수련 중에는 방해하면 안 되는 거 알지?"

"앗. 관주님!"

임수향이 뭐라고 하기도 전에 천유신의 숨소리가 차분하게 변해가기 시작했다.

그사이에 잠이 든 것이다.

"…눈만 감으면 자네. 신기하기도 하지."

임수향은 바닥에 널린 책들을 주우며 한숨을 내쉬었다.

그녀의 나이 스물둘.

어리다면 어리지만 그래도 알 것은 다 아는 나이다.

그런데, 살다 살다 천유신 같은 사람은 처음 보았다.

"에휴, 저 사람이 벌써 나이 서른다섯이라니."

임수향이 그를 알게 된 것은 그녀가 열 살이던 시절. 벌써 십 년 전의 일이었다.

천유신은 그때 자신이 스물다섯이라고 말했다.

그때도 임수향은 생각했었다.

'나이에 비해 젊은 외모네.'

그리고 십 년이 지난 지금 임수향은 천유신을 보면서 생각했다.

'…불로초라도 먹었나?'

생각해 보면 천유신은 기인은 기인이었다.

비록 무림에 발을 들여놓았다고는 해도 그는 명색이 서생 출신이다.

그런데 서생이라는 제 손으로 책 한 권 읽는 일을 못 봤다.

이 무사관에 있는 책은 대개가 무림사.

확실히 무림인들이 좋아하는 '실용적인' 책은 아니었다.

그러나 다시 생각해 보면 무궁무진한 이야깃거리가 널려 있는 것이기도 했다.

꽤 재미있는 이야깃거리 말이다.

임수향만 해도 심심풀이로 읽어둘 정도였다.

하나 천유신은 틈만 나면 잠만 잤다.

서서도 잘 정도였다.

그렇다고 밤에 잠을 안 자는 것도 아니다.

그는 무사관에서 나오는 일도 없이 밤새도록 잠을 자곤

했다.

"저것도 능력이긴 한데. 어휴."

임수향은 한숨을 푹푹 내쉬었다.

툭!

그때, 책을 옮기던 임수향은 실수로 천유신이 누워 있는 탁자에 부딪혔다.

작은 흔들림이었음에도 불구하고 천유신은 귀신같이 눈을 떴다.

"잘 때는 방해하지 말라니까."

"…내공 수련한다면서요."

"…흠흠."

천유신은 겸연쩍은지 헛기침을 했다.

"그런데 갑자기 웬 책 정리야? 평소엔 그냥 놔두더니."

"책들이 불쌍해서 그래요. 왜요?"

임수향은 한숨을 푹 내쉬었다.

'관주님은 요즘 뒷조사 들어오는 건 알고 저러는지 모르겠네.'

얼마 전, 무림맹 내당에서 왔다는 사람이 임수향에게 천유신에 대한 것을 이것저것 물어왔었다.

그가 어떤 사람이고 어떻게 일하는지를 물어왔다.

천유신의 이름을 아는 사람은 별로 없다.

그에게 관심 갖는 사람은 무림맹 전체를 통틀어도 거의 없다.

임수향은 직감했다.

'아, 이거 감사 나온 거구나.'

임수향은 솔직히 말하고 싶었다.

"겨울잠 자는 곰도 그 사람보다는 부지런할 거예요."

그랬다가는 오늘 밤에는 울먹이며 짐을 정리하는 천유신의 모습을 보게 되었을 터.

미운정이건만 십 년 정도 쌓이니 제법 묵직해져서 임수향은 최대한 좋게 얘기해 주었다.

그래도 좀 불안하다 싶어서 일하는 시늉이라도 내려고 이러는데.

저 사람은 대체 그걸 언제쯤 눈치채려는지 모르겠다.

"일 안 해요?"

"안 해."

"…왜요?"

"내 목표는 무위도식이니까."

당당한 천유신의 대답. 임수향은 한숨을 내쉬었다.

"대체 언제 철들려는지 모르겠어."

"가끔 잊는가 본데, 난 네 상사거든?"

"정말요?"

탕!

임수향은 천유신의 머리 옆에 책 무더기를 소리가 나게 내려놓았다.

천유신은 떨떠름한 표정을 지었다.

"···가끔 네가 상사인지 내가 상사인지 헷갈릴 때가 있긴 하지."

"저도 그래요."

임수향도 한숨을 쉬며 말했다.

"대체 어떻게 관주님 같은 분이 관주 자리를 지킬 수 있는 거예요?"

*   *   *

쾅!

유설태의 손아귀에 직격당한 탁상이 반으로 쪼개졌다.

그 서슬에 통천각주 무단걸은 식은땀을 흘렸다.

유설태의 두 눈이 이글이글 타올랐다.

"그게 사실이더냐!"

"분명합니다. 첩보의 보고가 하나도 아니고 열 개가 넘게 올라왔습니다."

유설태는 이를 뿌득 갈았다.

금강원로들이 궤멸당했다.

소림은 방장 혜법의 제어 하에 들어갔고, 원로들은 목숨만 겨우 붙인 채 뇌옥에 가두어졌다.

죄명은 내통죄.

대체 무엇과 내통했는지 세상 사람들은 의아해하였으나, 유설태는 너무나 잘 알고 있었다.

'혜법 그놈이 혈교의 냄새를 맡았단 말인가?'

믿기 어려운 일이었다.

그러나 그것이 실제로 일어났다.

그리고 그 기저에 깔려 있는 것은, 한 사내의 그림자였다.

"놈이란 말이냐!"

유설태의 일갈에 무단걸이 아연실색했다.

"구, 군사님."

"꺼져라! 무능한 놈! 명령이 있기 전까지 근신하고 있어라!"

"예, 옙!"

무단걸이 혼비백산하여 달아났다.

엄밀히 따지면 그는 아무 잘못도 한 게 없는데도 말이다.

유설태 또한 그것을 깨달았지만 신경 쓰진 않았다.

무단걸 따위에 어떻게 대하든 무슨 상관이랴.

'그러나 암제, 그놈만은!'

유설태는 부서진 탁상을 걷어찼다.

무림맹 군사의 허물을 갖게 된 이래, 이렇게까지 분노를 느낀 적은 처음이었다.

"죽인다!"

유설태의 두 눈에 귀기가 흘렀다.

지금의 그는 평소의 그가 아니었다.

얼음장 같던 냉정함은 깨진 지 오래.

그저 분노가 휘두르는 대로 이리저리 흔들리는 부평초와 같았다.

그는 벌떡 일어나 걸음을 옮겼다.

머리로는 이러면 안 된다는 걸 알았지만 그의 걸음은 거의 본능적으로 어딘가를 향하고 있었다.

무림맹의 무사관을 향해서.

*   *   *

왜 천유신 같은 자가 관주 자리를 지킬 수 있느냐?

그것은 무림맹에서 인사이동이 있을 때마다 나오곤 하는 얘기였다.

무림맹의 실무조직은 크게 나눠 이당과 오단.

십육 부에 칠십이 조로 이뤄져 있었다.

그중 천유신은 내당 서책부 휘하의 관장으로, 조장 대우를 받고 있었다.

직함의 무게만으로 따지자면 무림맹 서열 백 위 안에 든다는 의미였다.

물론 실제로는 그냥 창고지기.

이름만 그럴듯하고 보수만 조장급인 문지기에 가까웠다.

어지간한 무사들은 무사관주 따위는 시켜줘도 안 하려 할 정도였다.

"천유신을 내치고 새로운 관주를 뽑읍시다."

하나 그런 모자란 직함이나마 간부는 간부.

감투라면 구멍난 감투라도 일단 쓰고 보자는 이들이 있게 마련이다.

"그는 무사관주의 자격이 없습니다."

이런 의견은 천유신이 무사관을 맡은 이후 매년 나오고 있었다.

특히 부장이나 조장급 인사들에게서 더욱더.

그러나 그보다 상위에 위치한 간부들은 그들의 의견에 귀를 기울이지 않았다.

"무사관주에 자격이 필요하던가?"

"걔 뭐 잘못한 거라도 있나? 난 못 들어봤는데."

누군가 심드렁하게 말하면 그게 그 논의의 끝이었다.

시킬 일이 없으니 할 일도 없다.

더군다나 실질적인 회의의 주도자라 할 수 있는 군사 유설태가 그에게만은 한없이 관대했다.

하는 일이 없으니 실수도 없다.

그러니 그냥 내버려 둔다.

그게 천유신의 직분인 무사관주였다.

*　　　*　　　*

그날 점심.

임수향은 쟁반을 들고 아슬아슬하게 걷고 있었다.

밥과 국.

간단한 반찬거리 몇 접시.

조촐하기 짝이 없는 그 쟁반은 그녀와 천유신의 점심식사였다.

"어휴. 왜 내가 이런 일까지 해야 하는 거지?"

임수향은 한숨을 푹 내쉬었다.

그러자 무사관 앞 계단에 앉아 있던 천유신이 빙긋 웃으며 말했다.

"난 시킨 적 없어."

"…없긴 하죠."

임수향이 무사관에 들어온 이후 천유신은 무사관 밖으로 단 한 걸음도 나가지 않았다.

식사를 할 때도 마찬가지.

차라리 밥을 안 먹으면 안 먹었지, 식당으로 가지도 않을 정도였다.

처음에는 굶을 테면 굶으란 식으로 그냥 놔뒀는데, 천유신은 무식하게도 사흘이 넘도록 쌀 한 톨 먹지 않고 물만 마시곤 했다.

그나마 머리맡에 둔 물병이 텅 비면 물도 안 마시기 시작하고.

결국 보다 못한 임수향이 두 손을 든 것이다.

"밥 갖다주면 먹을 거예요?"

"그렇게까지 해준다면 성의를 봐서 먹어줄게."

그렇게 밥 배달을 하기 시작한 지 벌써 몇 년째.

임수향도 이제는 포기하고 식사 시간이 되면 알아서 식당으로 밥을 타러 가곤 했다.

"어린애도 아니고 이게 뭐에요? 내가 엄마예요?"

"내 어머니가 되고 싶은 거였어? 아버지 소개시켜 줄까? 지금쯤 백골이 되어 있겠지만."

"됐거든요?"

임수향은 탕 소리가 나게 쟁반을 내려놓았다.

천유신은 웃으며 식사를 시작했다.

그들이 절반쯤 밥그릇을 비웠을 때였다.

누군가가 무사관 안으로 걸어 들어왔다.

급격한 흔들림을 지닌 걸음새.

들어선 이는 척 봐도 분기탱천해 있는 중년인이었다.

임수향의 얼굴에서 핏기가 가셨다.

"군사님……?"

그녀도 이렇게 가까이서 보기는 처음이다.

무림맹에 십수 년을 근속하며 몇 차례 스치듯 먼발치에서 본 게 전부였다.

그래도 알 수 있었다.

눈앞에 나타난 사내가 무림맹 총군사 유설태라는 것을.

게다가 무슨 이유인지는 몰라도 머리끝까지 화가 나 있다는 것을.

'관주님 때문에?'

그녀는 천유신을 돌아봤다.

생각할 수 있는 거라곤 그것뿐이었다.

천유신의 게으름이 윗선까지 올라갔든지, 그가 자기도 모르는 새에 뭔가 사고를 쳤든지.

'…정말일까?'

그녀는 이내 의아해졌다.

천유신은 어쨌든, 게으르긴 해도 사고를 칠 만한 사내는 아니다.

더군다나 일개 무사관의 농땡이 때문에 총군사가 직접 행차할 리 만무했다.

유설태는 임수향을 향해 일갈했다.

"너는 나가 있어라!"

"예, 예?"

"나가 있으라지 않았느냐!"

유설태가 발하는 기운은 숫제 살기였다.

고수에 대한 면역력이 없는 임수향에겐 독기나 다름없는 기운이었다.

"아, 아……."

임수향이 꺽꺽거리기 시작했다.

기세에 압도당해 호흡이 가빠진 것이었다.

유설태는 그대로 기세를 더할 참이었다.

귀찮은 계집 따위는 죽여 버리고 어서 볼일을 볼 생각이었다.

그때 천유신이 손을 들어 임수향의 등허리를 짚었다.

"아……."

임수향의 신형이 그대로 무너졌다.

잠들 듯 기절해 버린 그녀의 볼 위로 눈물이 한줄기 흘러내렸다.

"유설태."

천유신은 유설태를 돌아봤다.

"네가 미친 모양이로구나."

유설태는 흠칫했다.

지금 천유신이 은은하게 발하고 있는 기운은 그가 내뿜던 살기마저 아득히 능가하는 것이었다.

"…죄송합니다. 마신께서 그 계집을 중히 여기시는지 몰랐습니다."

"한 번만 더 수향을 그 계집이라 부른다면 네놈의 혀를 뽑아버리겠다."

"죄송합니다."

유설태는 고개를 깊이 숙였다.

그냥 내버려 두면 땅에 이마라도 찧을 듯한 기세였다.

천유신은 한숨을 쉬었다.

"대체 뭔데?"

"마신의 무위가 필요합니다. 부디 이번 한 번만 도움을 주셨으면 합니다."

"네가 정말 미친 모양이로구나."

천유신, 아니 천겁마신 화무백은 노골적으로 살기를 발

했다.

"…큭!"

유설태는 숨통이 조이는 것을 느끼며 기겁했다.

조금 전 그가 임수향에게 펼쳤던 수법을, 천유신은 그대로 되돌려 주고 있었다.

하나 이것은 압도적인 무위의 차이가 있을 때에나 통용될 수법.

임수향의 무공 수위가 지극히 낮기 때문에 통한 것이나 다름없었다.

한데 그것을, 천유신은 유설태에게 펼치고 있었다.

혈교의 장로이자 무림맹 총군사에게.

"마… 신이시여."

천유신은 살기를 거두었다.

겨우 숨통이 트인 유설태가 바닥에 엎드린 채 헐떡였다.

"말하지 않았었나? 난 이제 혈교와도 네놈들과도 연 끊었다고. 네가 암황의 후예 양성에 힘을 쏟는 것도 그 때문이고 말이다."

"그랬… 었습니다."

"네게 암천비류공의 비급을 가져다준 것만으로도 난 내 할 바를 다했다. 그 말에 반박할 수 있나?"

"없습니다, 마신이시여."

"그렇게 좀 부르지 말라니까. 난 무사관주 천유신이다."

"하오나⋯⋯."

천유신, 혹은 천겹마신 화무백은 선언하듯 말했다.

"난 옛 이름을 버렸다."

그러나 과연 그 이름이 버린다 하여 버려지는 것일까? 유설태는 부정적이었다.

혹도 서열 일 위.

천하제일검으로 불리는 화산의 청학거사(靑鶴居士)를 제외한다면, 아마도 강호를 통틀어 가장 강대한 사내일 터.

그것이 바로 유설태의 눈앞에 있는 사내였다.

이제는 완전히 멸망하여 전설 속의 존재가 되어버린 마교 시절을 유일하게 겪어본 사내.

그의 나이가 이미 백이십 세다.

상상만으로도 아득해지는 그 세월은 화무백을 인간을 벗어난 그 무언가로 만들어 버렸다.

세월의 풍파도 그를 노화시키진 못한다.

음식이나 물을 먹지 않더라도 육체의 유지에는 전혀 문제가 없다.

'그리고 어쩌면⋯⋯.'

인간을 죽이는 방식으로는 그를 죽이지 못할지도 몰랐다.

물론 그건 실제로 알아보기 전에는 알 수 없는 일이었지만.

근래 들어 백진설이 폭발적인 성장세를 보이고 있다고는 하나, 흑도 무림 서열의 최고봉 자리는 지난 칠십여 년간 한 차례도 흔들린 적이 없었다.

그것은 지금이라 하여 다를 것이 없었다.

그는 여태껏 흑도제일인이었고 지금도 흑도제일인이며, 앞으로도 흑도제일인일 것이다.

혹은 천하제일인이거나.

화무백, 혹은 천유신은 머리를 긁적였다.

"네놈이 꼬리에 불붙은 고양이 꼴로 달려온 이유가 뭔지는 몰라도, 필경 보통 일은 아닌가 보군. 그러지 않고서야 찔러도 피 한 방울 안 나는 네놈이 그렇게 당황했을 리 없겠지."

"저는……."

"하지만 착각하지 마라, 유설태. 내가 이곳에 있는 것은 무료함을 즐기기 위함이지, 네놈의 계획을 돕고자 함이 아니라는 것을 말이야."

그건 그랬다.

아마도 천유신은, 혈교의 계획이 실패하고 흑도무림이 붕괴된다 하더라도 개의치 않을 것이었다.

어쩌면 그것은 초월자의 숙명인지도 몰랐다.

천하제일인인 청학거사 역시 속세와는 거의 연을 끊은 상태였던 것이다.

하기야 당연하다면 당연한 일이다.

두 개의 개미 떼가 있다.

두 파벌이 모종의 이유로 전쟁을 벌이고, 둘 중 하나의 개미집은 자칫 무너질지도 모르는 위기에 처한다.

그것을 보며 자기 일인 양 긴장하는 인간이 있다면 그자는 머저리가 아니면 미친놈일 터였다.

물론 흥미를 가질 수는 있을 것이다.

어느 쪽의 개미가 승리할 것인지에 대해서.

혹은 간섭을 하수도 있을 것이다.

패배를 목전에 둔 쪽을 불쌍히 여겨 반대편 개미들을 밟을 수도 있고, 혹은 직접 나서서 개미집을 무너트릴 수도 있을 것이다.

하지만 결코 자기 일이라 생각지는 않는다.

인간에게 있어 그것은 그저 미개한 곤충들의 아귀다툼에 지나지 않았다.

아마 천유신이 무림을 바라보는 시선이 그와 같을 터.

비록 표현 면에서야 차이가 있겠으나 그것은 청학거사 또한 마찬가지일 터였다.

백도의 위선자들은 그러한 상태에 이르는 것을 점잖게 우화등선이라 표현한다.

천상에 올라 신선이 되었다고 할 것이다.

개소리였다.

그저 그들은, 개미를 바라보는 인간이 되는 것일 따름이었다.

그렇기에 그가 무사관에 온 것이 완벽하게 멍청한 짓이 되는 셈이었다.

일개 개미가 도움을 청하는 것이 인간에게 무슨 의미가 있을 것인가.

천유신은 명령했다.

"가라, 이번만은 봐주지. 어쨌든 네놈한테 도움을 받은 게 아주 없다고는 할 수 없으니까."

"…감사합니다."

"한 번만 더 이런 짓을 벌이거나, 수향에게 손을 댄다면, 그땐 너뿐 아니라 혈교도 끝이다. 알겠어?"

유설태는 각골에 스미는 한기를 느꼈다.

지금 그의 눈앞에 있는 사내는, 자신이 입 밖에 꺼낸 것 이상의 일을 어렵잖게 해낼 수 있는 존재였다.

"명심하겠습니다."

"수향, 일어나."

"우웅."

"일어나라니까."

"우웅?"

"이래 놓고는 겨울잠 자는 곰이 어째?"

찰싹찰싹찰싹.

"…응?"

볼에서 느껴지는 따끔한 감각에 임수향은 눈을 떴다.

그녀는 한동안 멍하니 두 눈을 깜빡거리기만 했다.

"……?"

분명 점심을 먹던 중이었던 것 같은데, 그 뒤의 일이 기억나지 않았다.

'누가 찾아왔었던 것 같은데? 그게 누구였지?'

이상했다.

떠올리려 해봐도 그저 안개가 낀 것처럼 뿌옇게만 느껴질 따름이었다.

그녀가 눈동자만 이리저리 굴리고 있는데, 누군가 그녀의 이마에 손가락을 튕겼다.

"아얏."

임수향이 벌떡 일어났다.

천유신이 예의 귀찮음 가득한 표정으로 투덜거렸다.

"깼으나 퍼뜩 일어날 것이지."

"뭐, 뭐예요, 관주님? 뭐가 어떻게 된 거예요?"

"어떻게 되긴. 이거 보면 모르겠어?"

천유신은 허벅지 부근을 가리켰다.

정체불명의 액체에 의해 동그랗게 젖어 있는 부분.

그녀는 황급히 입가를 훔쳤다.

과연 반쯤 마른침이 닦여 나왔다.

"하여간 대체 누가 누구더러 게으르다고 하는 건지 모르겠다니까."

임수향의 얼굴이 빨갛게 달았다.

"제, 제가 왜 관주님 무릎을 베고 잔 거예요?"

"네 양심에 대고 물어보시지?"

천유신은 그렇게 쏘아붙이고는 기지개를 켰다.

"어쨌든 나는 더 자련다. 너 때문에 못 잔 만큼 충당해야겠어."

"어? 어?"

"깨우지 마."

"자, 잠깐만요."

이미 늦었다. 천유신은 삽시간에 곯아떨어졌다.

평소였다면 어떻게든 깨우려 들었을 임수향이었으나 이
번만은 그러지 못했다.

그녀는 대신 발그레 상기된 볼을 두 손으로 감쌀 따름이
었다.

"대, 대체 뭐가 어떻게 된 거야?"

14장

전투 시작

호북성 무한.

하오문 분타.

늦은 밤.

호무저는 분타의 문을 닫고 퇴근하기 전에 이런저런 정보들을 정리하고 있었다.

그는 무한의 하오문 분타주였다.

하지만 그 외에도 특이한 이력을 하나 더 지니고 있었는데, 혈교의 첩보조장이라는 게 바로 그것이었다.

대치하는 두 세력 모두의 정보를 총합하는 자!

하늘 아래에 이만큼이나 가슴 떨리는 자리가 또 있을까?

물론 그가 이중 첩자인 것은 아니었다.

어디까지나 그의 충성은 혈교를 향해 있었고, 언젠가 정파무림이 화마 아래 쓰러져 날이 오기만을 간절히 바라는 입장이기도 했다.

"…라고 말한다면 말도 안 되지."

그는 지금이 좋았다.

양쪽의 정보를 취사선택하고, 그것을 어느 한쪽에 팔아치움으로써 이윤을 남길 수 있는 지금이.

그러던 중이었다.

그의 앞에 한명의 하오문도가 나타나 이런저런 서신들을 전달했다.

"이게 다 뭔가?"

하오문의 정보 전달은 하루에 세 번 있었다.

아침, 점심, 저녁.

야밤인 지금은 정시 연락 시간은 아니었다.

"급보입니다."

"급보?"

호무저가 근무하는 무한 분타는 무림맹과의 연락망 역할을 하는 분타다.

엄밀히 말하면 무림맹이 하오문에 하는 요구를 접수하는

창구에 가까웠다.

정말 급한 일들은 무림맹과 하오문의 직통 회선을 쓰곤
했으니까.

한데 급보라니?

호무저는 머리칼이 쭈뼛 서는 기분이었다. 이번엔 뭔가
가 있었다.

무림맹에서 온 것이긴 하되 무림맹의 것은 아니다.

유설태에게서 온 급보!

그것이 하오문 상부를 거쳐 호무저에게 온 것이다.

"이게 웬 일이지?"

봉인까지 된 서신을 뜯어보니, 그 안에는 놀라운 내용이
담겨 있었다.

패도궁(覇刀宮)의 초대 궁주 패도존(覇刀尊)의 무공. 패도무한
공(覇刀無限功) 발견.

"신주십공(神州十功)의 하나인 패도무한공?!"

무림인들은 허풍이 세다.

힘이 조금만 좋아도 신력 운운하고, 발이 조금만 빨라도
비천 운운한다.

특히 무공 이름은 더더욱 그렇다.

질풍이니 무영이니 하는 수준은 차라리 귀엽고, 분광이니 파천이니 하는 단어까지 들어가곤 했다.

그러나 이 무공, 패도무한공은… 정말로 패도를 자처할 자격이 있고 무한을 자부할 자격이 있는 내공심법이었다.

정말로, 무한한 내공을 안겨주는 심법이었으니까.

패도궁의 초대 궁주 패도존.

하나 이때의 패도궁은 현재 혈교의 그것을 가리키는 게 아니었다.

마교 시대의 패도궁.

물론 역사를 따진다면 혈교의 패도궁이 마교의 그것을 계승한 것은 맞긴 했다.

그 당시엔 삼궁이 아니라 십궁이었지만.

혈교 이전에 존재했던 마교 십궁 중 하나인 패도궁의 궁주였던 그는, 단신으로 구파일방의 고수들 백 명과 열흘 밤낮을 싸웠다고 한다.

백 명의 고수가 차륜전을 펼쳤음에도 먼저 지친 것은 백 명의 고수였고, 그들 모두 패도존에게 격살당했다고 한다.

그 패도존의 독문내공심법이 바로 패도무한공.

하나만 얻어도 무림지존을 넘볼 수 있다는 열 개의 소실된 무공.

신주십공의 하나인 무한공(無限功)이었다.

"후우! 이제 무림이 후끈 달아오르겠구만!"

이미 늙고 고수의 꿈을 접은 지 오래인 호무저조차도 가슴이 후끈 달아오를 정도의 소식이었다.

물론, 사내로서가 아닌 상인으로서 말이다.

"잘됐네. 호구들 잔뜩 잡아서 왕창 벌어봐야지."

그는 손을 비볐다.

이 정보를 팔아먹을 만한 대상을 찾고, 얼마에 팔아먹을지 가늠하기 시작했다.

"처음 오는 놈에겐 금 다섯 냥을 받고… 그다음부터 순차적으로 깎아 내려가면… 상납금 반을 바쳐도 이번 장사는 대박이로구나!"

주판을 따각따각 튕기며 꿈에 부풀어 있던 그는, 문득 이상한 점을 느꼈다.

"가만. 근데 이게 왜 나한테까지 왔지?"

보통 이런 큰 건수는 호무저 같은 자리까지는 오지도 않는다.

대부분 향주나 당주급의 하오문도들이 자기들 선에서 갈라먹고, 운 좋아야 노른자위를 차지한 분타주들이나 부스러기나 주워 먹게 마련이었다.

그런데 호무저에게 이게 왜 온 것일까?

다음 서신을 펼쳐본 순간, 답을 얻었다.

안류 송해표국에 표물로 섞여 들어간 것으로 추정됨. 이후 그 관련 의뢰는 모두 거절할 것.

"…어?"

송해표국은 하오문 안류 분타에 구인 의뢰를 넣었고, 안류지부는 주변의 몇몇 분타에 그 의뢰를 전달했다.

실제로 호무저도 그 일자리를 남한테 소개한 상태였다.

그리고 그 표물의 목적지는 다음과 같았다.

"하남성 여남, 암월방?"

*　　　*　　　*

그대로 날이 밝았다.

뜬눈으로 밤을 지새운 호무저는 해가 뜨자마자 바로 하오문 지부에 새 간판을 내걸었다.

신주십공 정보 입수!

그리고 두 다경도 지나지 않아 무림인들은 하오문에 몰려들어 붐비기 시작했다.

"신주십공!"

"나도… 나도 얻을 거야!"

이른 아침.

아직 진시(巳詩)가 되지 않아 문을 열지 않았음에도 불구하고 하오문 지부 앞에는 무사들이 줄줄이 줄을 서 있었다.

자기에겐 연이 닿지도 않을 기연에 앞을 다투어 거금을 쾌척해 줄 호구들.

꿈과 희망이 넘치는 그 모습에 호무저는 절로 가슴이 훈훈해지는 것을 느꼈다.

'가만 있어봐. 두당 은자 열 냥만 쳐도 이게 얼마야?'

행복한 미소를 짓는 호무저를 향해, 하오문도 하나가 천천히 걸어와 한 무더기의 서신을 내밀었다.

아침 정기 연락이었다.

"흐흐흐흠… 흥흥……."

호무저는 콧노래마저 흥얼거리며 서신들을 훑었다.

그러던 중.

그의 얼굴이 갑자기 확 구겨졌다.

"씨벌. 이게 무슨 소리여."

패도무한공 관련 정보 판매 금지.

하오문이 입수한 정보를 판매 금지 조치하는 경우는 두 가지가 있었다.

하나는 입수한 정보가 거짓 정보였을 경우.

모든 상거래가 그렇듯이 상품에 하자가 있을 경우 고객이 항의를 해오기 마련인데, 무림인들은 대개 싸움을 잘하고 대개 하오문도 알기를 우습게 여겼으며… 대개 사람 목숨을 우습게 여겼다.

그러니 목숨 아까우면 진짜 정보만 팔 수밖에.

다른 한 가지 경우는 하오문 상부가 판매하면 안 될 정보라고 판단할 경우였다.

엄청난 거물이 뛰어들어 무림 전체가 뒤흔들릴 혈겁으로 발전할 가능성이 있다거나, 상황이 워낙 위험하여 뛰어드는 이들이 모조리 죽어버릴 것이 분명한 판이 된다거나…….

패도궁주 참전.

…혹은 그 두 가지 모두거나.

"빌어먹을 백진설 새끼. 일궁의 궁주라는 새끼가 왜 이런 자잘한 판에 직접 뛰어드는 거야?"

패도궁주 백진설.

혈교 삼궁의 하나인 패도궁의 궁주라는 것만 알려진 초고수였다.

물론 많은 이가 그보다는 다른 어휘로 그를 표현하길 즐길 터였다.

흑도 무림 무공 서열 삼 위.

혈교의 종주 중 하나라는 걸 감안해도 대외 활동은 거의 없는 자였다.

그러나 한 번 움직인다면 무림을 뒤흔들 것이라 평가받는 혈교 최강의 고수 중 하나였다.

그가 얼굴에 쓰고는 하는 귀면이야말로 그의 상징.

패도궁의 궁주가 대대로 물려받았던 무림의 신물 염라귀면(閻羅鬼面)이었다.

혈교에서도 가장 주목받는 고수 중 하나인 그가 뛰어든다면……?

한데 이상했다.

패도무한공이 발견된다면 응당 백진설의 근처에서 나와야지, 왜 정파무림의 한복판에서 발견이 된단 말인가?

뭔가 이상했다.

어쩌면 이것 자체가, 패도무한공의 이름을 쫓아 날아들 부나방들을 유인하는 미끼인지도 몰랐다.

"그리고 그 목적지는……?"

분명했다.

하남성 여남, 암월방!

"…이 정보를 팔아봤자 상황이 바뀌진 않겠지?"

백진설이 나선 이상 깊이 관여하여 좋을 것은 없다.

열 명이 막으면 열 명의 사상자가 날 것이고 백 명이 막으면 백 명의 사상자가 날 것이다.

과정의 차이만 있을 뿐 결과는 변하지 않는다.

하오문의 상층부는 그렇게 판단했고, 이래저래 저울질을 해본 다음에 결론을 내렸다.

구파일방의 장문인들은 모두 패도무한경을 얻기 위한 쟁패에 참가할 생각이 없다고 한다.

그렇다면 패도무한경은 백진설의 것이 될 것이 분명하다.

이런 상황에서 정보를 팔아봤자 희생자만 늘어날 것이다.

본문이 무분별하게 정보를 팔아 피해자만 늘렸다는 비난만 들을 것이고.

어차피 무림에서 패도무한경을 먹을 수 있는 것이 아닌 바에야 포기하는 편이 낫다.

그 결과가 이 서신, 판매금지령이었던 것이다.

"썩을, 헛꿈 꿨네. 에라이, 카악!"

호무저는 걸쭉한 가래침을 뱉으며 간판을 내렸다.

그는 실망하는 무림인들을 향해 말했다.

"미안하오. 거짓 정보였소."

"뭐여? 설레였는데!"

"개새끼다, 정말!"

화를 내며 돌아가는 무림인들의 뒷모습을 보며 호무저는 한숨만 푹 내쉬었다.

"백진설만 아니었어도……."

한데 생각해 보면 웃기는 일이었다.

대체 백진설은 왜 참전하는 것이며, 패도무한공이 여남에 있다는 건 또 무슨 소리란 말인가?

＊　　　＊　　　＊

"이거, 궁주님께서 하신 거 아니죠?"

"아냐."

백진설은 대강 대답했다.

심유화는 고운 아미를 찌푸리며 두 손을 허리에 얹었다.

"최소한 확인 정도는 해주시죠?"

"뭐가 됐든 난 아냐. 난 아무것도 안 했거든."

그야 그럴 것이다.

심유화는 접근법을 바꾸기로 했다.

"웃기는 얘기예요. 패도무한공이 하남성 여남에서 발견 됐대요."

"푸핫!"

건조하게 웃음을 터트린 백진설이 말했다.

"웃겼다. 이제 됐지?"

"…궁주님!"

"알았어. 알았어. 보아하니 누가 내 이름을 팔아서 수작 좀 부리나 보군. 보나마나 유 장로겠지."

"그 점은 저 또한 동의해요. 게다가 추가적으로 딸려 오 는 정보를 보면, 궁주님께서 패도무한공을 얻기 위해 참전 하려 한다는군요."

"푸핫!"

이번엔 정말로 웃음을 터트리는 백진설이었다.

그럴 수밖에 없었다.

이미 얻은 지가 십 수 년 전이고, 이제는 대성을 코앞에 둔 것이 패도무한공이었다.

그런데 그것이 하남성 여남에서 발견되었고, 자신이 얻 고자 참전하려 든다고?

장난이라면 참으로 고약하기 짝이 없는 것이고, 장난이 아니라면 그건 그것대로 문제일 터였다.

"어떻게 하실 생각이세요?"

"뭘 어째. 유 장로 알아서 하라고 내버려둬."

진정 백진설의 참전을 바랐다면 직접 서신을 보냈을 것이다. 그러지 않은 채 기괴한 소문만 퍼트린다는 것은, 그저 백진설의 위명만을 이용해 먹겠다는 뜻이나 다름없었다.

한마디로…….

"내 알 바 아니라는 거지."

백진설의 결론은 명쾌했다. 문제는 본인에게만 명쾌하다는 점일 테지만.

"그럼 이거, 대체 누구 보라고 보낸 서신일까요?"

"몰라."

백진설은 시큰둥하게 대꾸했지만, 심유화는 여전히 미련을 떨칠 수가 없었다.

애초에 백진설에 대해 알 만한 자는 한정되어 있다.

또한 이 정보를 접할 사람 역시 한정되어 있는 것이 현실이었다.

필경 그중 특정한 인물들더러 보라고 보낸 것일 터.

어쩌면 이 내용 자체가 일종의 암호가 아닐까 싶었다.

"암호……?"

심유화는 뭔가 요점을 짚은 기분이었다.

이내 그녀의 머릿속에 한 가지 가정이 떠올랐다.

실로 그럴싸한 가정이 말이다.

그녀는 깨달았다.

"아! 그러니까……."

"노혈경이 곧 여남에 들어선다는 암호지."

백진설이 말을 가로채 버렸다.

심유화는 어처구니가 없어 그를 돌아봤다.

"뭐, 뭐예요!"

"그거, 금왕이 보낸 서신이라고. 아마 하오문의 경로를 이용했겠지. 중원 전역에 빠르고 쉽게 보내기엔 그게 가장 간편하니까."

"……."

"정확한 의미까지는 모르겠지만, 자기들끼리 정해놓은 암호 체계가 따로 있겠지. 어쨌든 대강 유추해 보자면 곧 노 선배가 여남의 그… 암제라던가 하는 놈과 붙게 될 거란 뜻이겠지."

눈앞에서 당과를 뺏긴 아이의 심정이 이러할까?

아마도 백진설은 그녀를 골려 먹겠다는 이유 하나만으로 선수를 친 것이리라.

"진짜 악취미예요, 궁주님."

"하하."

"저도 거기까지 다 떠올렸었다고요!"

"하하하."

백진설은 재미있다는 듯 웃었다.

심유화는 못 말리겠다는 듯 설레설레 고개를 저었다.

"궁주님은 어떻게 생각하세요?"

"뭘?"

"그 두 사람 말이에요. 어느 쪽이 이기게 될지……."

"내가 점쟁이도 아니고 어떻게 알아? 너 가끔 보면 참 바보 같은 소리를 잘한단 말이지."

심유화는 울컥했다.

"분석 정도는 할 수 있는 거잖아요!"

"난 그 암제란 놈에 대해 몰라. 그런데 뭘 분석하란 거야? 분석을 할 만한 최소한의 요건도 갖춰지지 않았는데."

가끔 보면 참 논리 정연하게 말하고는 하는 백진설이었다.

사실 그게 그의 본모습일 터였다.

빈둥거리고 매사에 귀찮아하는 것은 그저 거짓일 뿐이고.

"음. 어쨌든 귀찮으니 난 쉬어야겠어."

"……"

어쩌면 그 반대일지도 모른다.

심유화는 땅이 꺼져라 한숨을 토했다.

　　　　　　＊　　　　＊　　　　＊

흑련은 여남의 어둠 사이로 내달렸다.

흑의를 두르고 복면으로는 얼굴의 절반을 가렸다.

머리끝에서 발끝까지 오로지 암흑으로만 점철된 그녀의
모습은 암제 그 자체였다.

아직 내상이 완전히 회복되지는 않았다.

암제로서의 일 역시 현월이 내내 맡고 있던 차였다.

하지만 그녀는 구태여 고집을 부렸다.

"제가 하겠어요."

현월도 그 고집을 꺾지는 못했다.

게다가 몸을 좀 움직이고 하면 내상 회복도 빠를 거라 생
각했다.

그리하여 그녀는 다시 밤의 어둠으로 걸어나왔다.

슥. 스슥.

흔들거리는 기왓장을 밟고 치솟는다.

삐걱이는 소리조차 나지 않는 가운데, 그녀는 마치 한 마
리 새처럼 허공을 비상했다.

주변이 훤히 보이는 건물 위에 착지했다.

여느 건물보다 층이 두어 개는 더 높은 곳이었는데, 그곳

에서 내려다보는 여남의 밤거리는 정적이며 고요했다.

흑련은 이 고요가 좋았다.

비록 수많은 이의 죽음 위에 새겨진 것이긴 하나, 그들이
대개 답이 없는 악도라는 걸 생각해 보면 후회는 없었다.

"오밤중에 참으로 시끄럽게 쏘다니는구나."

"……!"

흠칫 놀란 흑련이 몸을 돌렸다.

자그만 체구의 소년이 그곳에 있었다.

'내가 여기까지 접근하는 걸 눈치채지 못했어?'

내상으로 인해 기감 또한 쇠약해져 있긴 했다.

그렇다고 해도 이 정도 거리까지 접근을 허용하다니. 그
녀는 스스로를 질책했다.

소년의 얼굴은 창백했다.

제법 예쁘장한 생김새이긴 했으나, 흑련은 그게 진실된
모습이 아니라는 것쯤은 잘 알았다.

머릿속에 한 가지 이름이 스쳐 지나갔다.

"심령당주 노혈경……."

그녀의 목소리를 들은 노혈경이 눈을 동그랗게 떴다.

"뭐야? 암제란 놈은 놈이 아니라 계집이었나?"

"……."

"금왕 그놈의 말이랑은 다른데? 계집, 네가 본좌가 찾는

암제가 맞더냐? 아니면 암제 흉내를 내는 일개 계집이더냐?"

흑련은 고민했다.

원래대로면 이 대결은 암제와 노혈경의 것.

어느 누구도 그것을 방해할 수는 없다.

더군다나 대결의 주선자는 바로 그 금왕이었다.

그러므로 그녀는 간단한 한마디만 꺼내면 될 일이었다.

아니라고, 암제는 자신이 아니라 다른 사내라고 말하면
됐다.

'하지만…….'

이것이 보통의 대결과는 사뭇 다르다는 것 역시 부정할
수 없는 사실.

금왕의 말에 의하면, 노혈경이 여남에 발을 디딘 순간부
터 이 대결은 차라리 전쟁이나 다름없다고 했다.

여남을 전장으로 한 전투.

그 참가자는 이들 둘만이 아니다.

"벙어리도 아닌데 입을 굳게 다물고 있구나."

노혈경이 손을 들어 올렸다.

그 순간 흑련은 뱃속에서 치오르는 헛숨을 겨우 참았다.

노혈경의 뒤편, 스멀스멀 지붕까지 기어 올라오는 무리
가 있었다.

흑련은 그제야 깨달았다.

여남이 평소보다 고요했던 것에 이유가 있었다는 사실
을.

"대체 언제……?"

"이번에는 또 말을 하는구나. 한데 본좌의 질문엔 여전히
대답하지 않을 생각이더냐?"

수십의 강시귀가 노혈경의 뒤에 섰다.

그는 보름달을 등진 채 하얗게 웃었다.

"너 또한 이 대열에 낄 테냐?"

"나는 암제가 아니야."

흑련은 짤막히 말했다.

노혈경은 순간 그녀의 신형이 눈앞에서 사라지는 것을
보았다.

'빠르다!'

흑련은 노혈경과 강시귀들을 그대로 훑고 지나갔다.

노혈경은 호신강기로 간단히 막았으나, 강시귀들은 그녀
의 칼날에 갈가리 찢겨 나갔다.

후드드득.

사방으로 떨어져 내리는 살점과 내장.

한 번 강시귀가 된 자를 되돌리는 것은 불가능하기에, 단
칼에 죽이는 것은 차라리 자비를 베푸는 일이었다.

"하지만 당신의 편도 아니지."

흑련의 한마디가 노혈경의 뇌리를 때렸다.

노혈경은 흑련을 보며 껄껄 웃었다.

"재미있는 계집이로구나. 하지만 본좌에 대한 태도가 조금 불량하군."

"……."

"강시귀가 되고 난 뒤에도 그럴지는 두고 볼 일이지. 그래. 본좌는 네년을 강시귀로 만들기로 결심한 것이다."

강시귀들이 그녀에게로 몸을 내던졌다.

흑련은 급히 신형을 박차고는 허공을 날았다.

콰과과광!

무자비한 폭발이 여남의 밤을 뒤흔들었다.

흑련은 땅에 착지하자마자 암월방 쪽으로 내달렸고, 그 뒤를 수십의 강시귀가 뒤쫓았다.

"그래! 그대로 달려 본좌를 암제에게로 안내하거라!"

『암제귀환록』 6권에 계속…

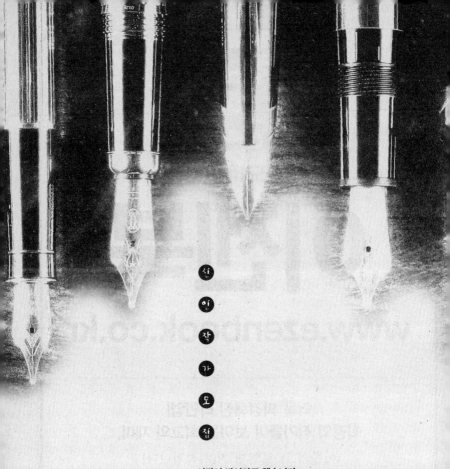

김현우 퓨전 판타지 소설

레드 크로니클
Red Chronicle

『드림워커』, 『컴플리트 메이지』의 작가
김현우가 색다르게 선보이는 자신작!

『레드 크로니클』

백 년의 세월 검을 들고 검의 오의에
다가선 남자 티엘 로운.

모든 것을 베는 그가 마지막으로
검을 휘둘렀을 때
그를 찾아온 것은 갈라진 시공간,
그리고… 자신의 젊은 시절이었다!

"하암, 귀찮군."

검의 오의를 안 남자가 대륙을 바꾼다!
티엘 로운의 대륙 질풍기!

Book·Publishing CHUNGEORAM

유행이 아닌 자유추구 ~
WWW. chungeoram.com

FANTASTIC ORIENTAL HEROES

수담 옥 新무협 판타지 소설

자객전서

자객 담사연과 순찰포교 이추수의
시공을 넘어선 사랑!
최강의 적들과 맞선 자객의 인생은 슬프도록 고달프며,
그 자객을 그리워하는 포교의 삶은 아프도록 애달프다.
서로를 원하지만 결코 만날 수 없는 두 연인.

단절된 시공의 벽을 넘어가는 유일한 소통책은 전서구를 통한 편지!

"후회하지 않습니다.
당신과의 만남은 내 삶의 유일한 즐거움이었습니다.
나는 천 년을 어둠 속에서 홀로 살아가더라도
역시 같은 선택을 할 것입니다."

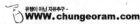

현대백수 장편 소설

간웅

FUSION FANTASTIC STORY

뇌성벽력이 치는 어느 날!
고려 황제의 강인번을 들고 있던
어린 병사가 낙뢰를 맞고 쓰러졌다.

하지만… 다시 눈을 뜬 이는
현대 대한민국에서 쓸쓸히 죽은
드라마 작가 지망생.

고려 무신 시대의 격변기 속에서 눈을 뜬 회생[回生].
살아남기 위해! 죽지 않기 위해!
그의 행보로 인해 고려는 서서히
변하기 시작하는데…….

치세능신 난세간웅(治世能臣 亂世奸雄)!

격동의 무신 시대!
회생, 간웅의 길을 걷다!

Book Publishing CHUNGEORAM

절정고수들이 하늘 높은 줄 모르고 질주하는 현 세상.
서른여덟 개의 세력이 서로를 견제하는 혼돈의 시대.

그 일족즉발의 무림 속에
첫 발을 디딘 어린 소년.

"나는 네가 점창의 별이 되기를 원한다."

**사부와의 약속을 지키고
난세로 빠져드는 천하를 구하기 위해
작은 손이 검을 들었다!**

박선우 新무협 판타지 소설 FANTASTIC ORIENTAL HE

풍운사일

내일을 향해 쏴라

김형석 장편 소설

FUSION FANTASTIC STORY

1만 시간의 법칙!
'성공은 1만 시간의 노력이 만든다' 는 뜻이다.

그러나…
사회복지학과 복학생 수.
전공 실습으로 나간 호스피스 병동에서
미지와 조우하다.

1만 시간의 법칙?
아니, 1분의 법칙!

전무후무한 능력이 수에게 강림하다!
맨주먹 하나로 시작한 수의
인생역전이 시작된다!

Book Publishing CHUNGEORAM

www.chungeoram.com

문용신 新무협 판타지 소설

FANTASTIC ORIENTAL HEROES

한량 아버지를 뒷바라지하며
호시탐탐 가출을 꿈꾸던 궁외수.

어린 시절 이어진 인연은
그를 세상 밖으로 이끄는데…….

"내가 정혼녀 하나 못 지킬 것처럼 보여?"

글자조차 모르는 까막눈이지만,
하늘이 내린 재능과 악마의 심장은
전 무림이 그를 주목하게 한다.

"이 시간 이후 당신에겐 위협 따윈 없는 거요."

무림에 무서운 놈이 나타났다!

Book Publishing CHUNGEORAM

유행이 아닌 자유추구 -
WWW.chungeoram.com